이 한 권의 책을
이 땅의 모든 남성들에게
바칩니다.

"서간도에 들꽃 피다"
3권을 내놓으며...

항일여성독립운동가들의 행적과 발자취를 찾아다니면서 늘 어려움에 봉착하는 것은 여성 애국지사에 관한 자료가 너무 빈약하다는 사실입니다. 크고 작은 자료관과 국내굴지의 도서관을 비롯하여 애국지사를 많이 배출한 100년이 넘은 학교 교지까지 뒤져봐도 역시 마찬가지 결론입니다. 이러한 자료 발굴을 위해 뛰던 중 놀라운 사실을 발견했습니다.

한국인이라면 누구나 가슴에 새기고 있는 영원한 애국소녀 유관순 열사에 관한 국민적 관심이 그렇게 엄청난 줄은 몰랐습니다. 현재(2012. 8월) 유관순열사에 대한 단행본은 17권에 이르며 학술연구 등의 논문은 150여 편을 넘습니다. 그러나 유관순열사와 똑 같은 나이인 17살에 만세운동에 참여하여 부모님을 여의고 서대문 형무소에서 죽어간 동풍신 애국지사는 논문 한 편, 기사 한 토막은커녕 그 이름 석 자를 기억하는 이조차 없는 게 현실입니다.

《권애라와 김시현》이라는 책을 쓴 권광욱 작가는 그의 책에서 "항간에 돌던 미확인 풍설로 해방 건국 후 위세가 높던 헌병 총사령관 원용덕 중장이 온 겨레가 얼로써 뭉치고 또 국부 이승만 대통령을 감개케 할 아이콘으로 한국의 잔 다르크를 찾아내고자 하였다는 말이 있다. 원래 세 브란스 의전 출신 개업의 이던 그는 정치군인으로서 주도 한 인물이었다. 그가 순국처녀 유관순을 발굴해 삼일정신 의 성인으로 현양했다는 것이다.”라고 쓰고 있습니다.

이 말은 필자가 항일여성독립운동가들의 발자취를 찾아 다니면서 느끼던 의문점을 다소 풀어주는 말처럼 여겨져 정신이 퍼뜩 들었습니다. 아! 그래서 “남에는 유관순, 북 에는 동풍신”이라고 할 정도로 알려졌던 두 인물이 하나 는 영웅이요, 하나는 그 이름도 잊힌 존재로 남아있구나 하는 생각을 어렴풋하게 갖게 되었지요. 동풍신 애국지사 는 현재 서대문 형무소 자리에 있는 대한민국순국선열유 족회 위패 봉안관에 위패가 모셔져 있으며 필자는 동풍신 애국지사 이야기를 《서간도에 들꽃 피다》 2권에서 다룬 바 있습니다.

한 마디로 우리 사회는 지금까지도 “항일여성독립운동 가=유관순”이라는 공식에서 한발자국도 벗어나지 못하고 있습니다. 이러한 이야기는 유관순 열사를 깎아내리고자 함도 아니고 그의 나라사랑 정신을 부정하거나 폄하코자 하는 말이 결코 아닙니다. 오해 없으시길 바랍니다.

2012년 8월 15일 현재 한국에는 223명의 여성독립운동 가들이 국가보훈처로부터 그 공적을 인정받아 애국지사 반열에 올라있습니다. 그러나 유관순 열사 외에 나머지 분 들의 행적은 고사하고 이름 석 자도 모르는 경우가 허다 할뿐더러 이러한 분들의 고귀한 삶을 정리한 변변한 책 도

없는 실정입니다. 이에 필자는 이름 없이 들꽃처럼 살다
간 한국의 잔 다르크들을 찾아 한 분 한 분께 드리는 헌시
(獻詩)를 쓰고 그의 일생을 기록하는 작업을 하고 있으며
이번이 그 〈3권〉으로 각 권 20명씩 60명의 삶을 정리해서
세상에 내놓게 되었습니다.

2012년 8월 15일은 광복 67주년이었습니다. 광복 후에
정부가 나서서 곧바로 여성독립운동가들의 공로를 추적하
고 발굴, 기록하여 이분들의 숭고한 삶을 교과서에 싣고
단행본으로도 엮어 세상에 알렸다면 오늘날 필자의 작업
은 불필요했을 것입니다. 그러나 이를 실천하지 못하는 사
이에 많은 세월이 흘러 독립운동 당사자들은 하나둘 세상
을 떠났고 후손 역시 이러한 것을 챙길 틈도 없이 세월이
속절없이 흘러버리고 말았습니다. 늦었지만 지금이라도 자
라나는 후손들에게 나라의 위기 앞에 청춘을 불태운 여성
들의 독립운동 이야기를 들려주고 싶습니다.

이러한 꿈을 안고 그동안 한 분 한 분의 발자취를 찾아
전주기전여고, 광주 수피아여고, 목포 정명여중을 비롯하
여 안동, 부산, 대전, 춘천은 물론이고 중국의 상해, 유
주, 광주, 오주, 남경, 가흥, 중경 등지까지 돌아다니며 여
성독립운동가들의 삶을 이해하고자 노력했습니다. 지금은
고층 아파트가 들어선 상해에서, 임시정부 가족이 머물던
토교의 화탄계 너머에서 겨레의 딸이자 누님이요, 어머니
이자 아내요 며느리였던 여성애국지사의 삶을 추적하면서
흘리던 눈물은 지금도 가슴을 적시고 있습니다.

필자의 여성독립운동가를 알리는 작업은 이제 한발을 떼어 놓았을 뿐입니다. 앞으로 223분의 여성독립운동가들에 대한 이야기를 쓰려면 아직도 갈 길이 멀고 험난합니다. 흔히 3·1절이나 8·15 광복절이 되면 사람들은 한탄조의 말을 합니다. 요즘 아이들은 과거 독립운동가들이 목숨 바쳐 얻은 나라의 소중함을 모른다고 말입니다. 더러는 퇴색된 독립정신을 두고 한숨을 쉬기도 하지요. 그러나 그게 어디 남이 저질러놓은 일이겠습니까? 그것은 지난날 우리가 그러한 사실을 알려주지 않은 결과일 뿐입니다.

아무도 돌보는 이 없는 가운데 이 작업이 진행되고 있어 책 발간에 어려움이 따르지만 앞으로 뜻 깊은 후원자들이 나타나 이 책이 시골산간벽지 청소년들에게도 읽혀지길 바라는 마음 간절합니다. 또한 일본어나 영어로도 번역해서 일본 제국주의의 악랄한 식민지 경영에 저항했던 한국의 잔 다르크들을 널리 소개하고 싶습니다. 그간 〈1〉〈2권〉에 보여준 애독자 여러분들의 깊은 사랑과 관심 그리고 응원해 주신 분들께 깊이 고개 숙여 감사말씀 올립니다. 다시 〈4권〉을 향해 뛰겠습니다. 고맙습니다.

2013년 1월 12일 김상옥열사 의거 날에
한꽃 이윤옥

차 례

(가나다순)

하와이 사탕수수밭에서 부른 광복의 노래
강원신

제물포항의 긴 뱃 고동소리
형제자매 잠든 고향산천
뒤로하고 떠나가던 날

오뉴월 뜨거운 태양은
갑판 위로 녹아내리고
알몸뚱이 홀로 버려진
사탕수수밭

가죽채찍 맞으며
받아든 피멍든 동전 모아
조국의 독립에
기꺼이 보내노라

다시 태어나도
조국을 위해서라면
떠나올 수 있으리

다시 태어나도
광복을 위해서라면
하와이 사탕수수밭
그 검은 태양을 견뎌내리라.

강원신 (康元信, 1887 ~ 1977)

평남 평양(平壤)에서 태어나 열여덟 살 되던 해인 1905년 5월 남편과 함께 하와이로 노동이민을 하였다. 하와이 도착 뒤, 가파올라 사탕농장과 에와 사탕농장에서 힘든 노동을 하며 남편의 학업을 뒷바라지하였으며, 1913년 무렵 남편이 미국 본토 시카고로 건너가 법학박사과정을 밟게 됨에 따라 시누이 강혜원(康蕙園)과 함께 미국 캘리포니아주 다뉴바 지역으로 이주했다. 이후 포도농장에서 시간당 15센트의 노임을 받으며 남편의 학업을 뒷바라지하면서 여성독립운동에 참여하기 시작하였다.

1919년 3월 2일 다뉴바 지방에서 강혜원·한성선·김경애 등과 함께 신한부인회(新韓婦人會)를 결성하고 회장으로 선출되어 한인 부녀자들의 민족정신 고취와 미주 항일민족운동단체인 대한인국민회의 민족독립운동을 적극 후원하였다. 또한 같은 해 5월 18일 미주 곳곳에 흩어져 있는 한인부인회의 운동역량을 집중 강화하기 위해 새크라멘토의 한인부인회(韓人婦人會)와 합동발기문을 선언함으로써 각 지역 부인회의 통합을 촉진시켰다. 또 8월 2일 다뉴바의 한인장로교회에서 미주 내 여성단체인 다뉴바 신한부인회, 윌로우스지방 부인회 대표들이 참석한 가운데 부인회 합동발기대회를 개최하고 미주 한인사회의 통일운동기관인 대한여자애국단(大韓女子愛國團)을 창설하였다.

대한여자애국단 창설 뒤 재무 및 제3대 총단장을 역임한 강원신 애국지사는 동지들과 함께 매월 3달러의 단비(團費)를 모아 대한민국임시정부에 송금하여 외교·선전·군사활동을 후원하였으며, 국내에도 각종 구호금을 지원하는 등 민족운동단체를 적극 돕는데 앞장섰다. 또한 미국 내 한인 동포 자녀들을 대상으로 민족교육을 실시하였으며 일본상품 불매운동을 적극 전개하는 등 조국의 독립운동에 일평생을 바쳤다.

정부에서는 고인의 공훈을 기리어 1995년에 건국훈장 애족장을 추서하였다.

"우리 2,500만 민족이 오천년 문화를 가지고 일본의 속박을 이고 만겁에 떨어졌음이 무릇 얼마인고? 30년 이래 살래야 살 수도 없고 죽을래야 죽을 수도 없는 가운데 고통을 부르짖으며 구원을 기다리더니 이제 한국독립광복군이 정식 설립하여 2,500만 총동원령을 내리니 태극기 치하의 거국이 향응하도다. 늘 맞고 참기만 하다가 일어나 왜적을 치는 것이 첫째 심리상으로 통쾌하고 또 반드시 죽을 곳에서 살 길을 찾아 나와 왜적을 박멸하는 것이 우리 자손만대의 행복이 보장 될 것입니다."

1940년 10월 20일 밤 8시 대한인국민회 농구장에 모인 미국 로스앤젤레스의 동포들은 위와 같은 대한여자애국단의 축사에 서로 얼싸안고 기쁨의 눈물을 흘렸다. 이는 9월 17일 중국 중경에서 창설한 한국독립광복군의 대장정을 축하하는 자리였다. 이 기쁜 소식은 1900년도 초 하와이 사탕수수 밭 노동이민으로 떠난 동포 1,2세들에게 더 없이 가슴 벅찬 소식이었다. 열악한 노동조건 아래서 오로지 조국의 광복을 위해 허리띠를 졸라매면서 성금을 모아 상해임시정부를 도와오던 동포들은 금방이라도 조국의 광복이라도 찾아오는 양 기뻐 어쩔 줄 몰랐다.

초기 하와이 사탕수수밭 이민자들이 점차 미국 본토로 진출하게 되자 여성들도 하나둘씩 모여 빼앗긴 조국을 위해 무엇을 할 것인지 고민하기 시작하였다. 1917년 11월 미국 로스앤젤레스에서 부인친애회(婦人親愛會)가 조직된 것도 이러한 배경을 깔고 있다.

① 일반회원은 일본 물화(物化)를 배척 할 일

② 독립 의연금을 마땅히 납부 할 일
③ 1주일 중 이틀(화, 금요일)은 고기 없는 날로 정할 일
④ 1주일에 하루는(수요일) 간장 없는 날로 정 할 일
⑤ 능히 할 수 있는 의복 세탁을 자기 집에서 할 일
⑥ 가용(家用)을 조절하여 저축되는 금전은 본회에 납부하여
　조선내의 독립군 응원에 사용하게 할 일

이상 몇 가지 조목은 4월 1일부터 실행한다.

이민초기의 한인부인회는 주로 친목을 도모하고 조국의 독립군을 지원한다는 목적 아래에 모였지만 3·1만세운동 이후에는 조국광복 운동자금을 적극적으로 모으기 위해 샌프란시스코를 포함한 5개 지부를 비롯하여 1920년 4월에는 맥스웰, 댈라노, 오클랜드, 몬타나 등지에도 속속들이 지부를 결성하였다. 이들은 상해 임시정부에 독립운동자금을 꾸준히 지원하는가 하면 1937년 중일전쟁 때는 중국 부상병과 재난민 구제금을 모아 보냈다. 이를 받아 든 중국의 송미령은 "대일항전은 중국민족의 생존뿐만 아니라 세계평화와 복리증진을 위하여 분투하는 것으로 최후 승리는 반드시 중국에 있으며 귀국(조선)의 독립자유를 위해서도 마땅히 공동으로 노력하여 그 목적을 달성하도록 힘쓰자." 는 답신을 보내왔다.

또한 대한여자애국단은 1941년 12월 7일 일본의 하와이 진주만 공격에 대하여 재미교포의 생명안전과 직결되는 것으로 판단하여 전쟁 발발 7일째 되는 날인 12월 13일 밤에 긴급회의를 열고 후원방법을 논의하였다. 그 결과, 미국 적십자 사업 돕기의 하나로 부상자용 군복 제작에 참여하기와 미국정부가 발행하는 전시공채(戰時公債) 매입을 도왔는데 전시공채 매입은 호응도가 높아 당시 미국 내 성적은 여러 나라 단체 가운데 2위를 차지했다.

이처럼 미국이민 사회 속에서 한인여성들의 활약은 눈부셨다. 1919년 3월 1일 이전부터 민족정신을 잃지 않으면서 동포간의 친목증진을 꾀하고자 몇 개의 단체가 생겨났는데 1919년 8월 5일자로 통합된 항일광복운동 여성단체인 대한여자애국단이 결성되어 조국의 광복을 위해 헌신하였다.

▲ 여자애국단 총단장에 강원신 애국지사 취임 기사(신한민보 1924. 4.17)

조선여성의 애국사상을 깨우며
권애라

죽치(竹稚),
휠지언정 꺾이지 않는 대나무를 닮은 임이시어

국경의 칼바람 눈보라 살을 에는
혹한의 만주 땅
칠흑같이 어두운 밤 쫓기며
맹수들 두려워 않고
찾아간 독립운동의 성지 만주땅

동삼성 지하 항일운동 앞장서다 잡혀
악랄한 비밀감옥 모진 고문
지치기도 하련만 끝내 이겨내고
돌아온 조국에서
잠자는 조선여성 일 깨워
광복의 두 글자 가슴에 깊이 새겨준 이여

오늘 조국은
임의 이름 잊었지만
역사는 질긴 날실과 씨실로
임의 이름 석 자 새길 것이외다.

* 죽치(竹稚)는 권애라 애국지사의 호이며 어린 싹인 죽순(竹筍)과 달리 어려
도 심지가 곧음을 나타내며 이러한 호는 권애라 애국지사의 삶을 잘 나타낸다.

권애라 (權愛羅, 1897. 2. 2 ~ 1973. 9.26)

경기도 개성(開城)에서 태어나 1919년 3월 1일 충교(忠橋) 예배당의 유치원 교사로 근무하면서 어윤희(漁允熙)애국지사와 독립만세운동을 주동하였다. 이 날 돈여자보통학교(好壽敦女子普通學校)로부터 전달 받은 독립선언서 80여장을 들고 만세운동에 앞장서다 일경에 잡혀 5월 30일 경성지방법원에서 이른바 보안법 위반으로 징역 6월형을 언도받았고 7월 4일 경성복심법원에서 징역 6월형이 확정되어 9개월간의 옥고를 치렀다.

출옥 후에도 수표교(水標橋) 예배당 '반도의 희망', '잘 살읍시다' 등의 제목으로 한국여성의 애국사상 고취를 위한 강연을 여러 차례 했다. 이 일로 또 잡혀가 7월 9일 종로경찰서에 구금된바 있으며 1922년 1월에는 소련의 모스크바에서 개최된 극동인민대표회의(極東人民代表會議) 한민족 여성 대표로 참가하여 당시 민족대표 여운형(呂運亨)·나용균(羅容均) 등과 함께 독립쟁취를 위해 몸을 바쳤다.

1929년에는 중국 소주(蘇州) 경해여숙대학(景海女塾大學)에서 공부하면서 상해를 중심으로 여성지위 향상과 조국광복운동에 활약하였고 이후 동삼성(東三省)에서 지하항일운동을 계속하였다.1942년 4월에는 길림성 시가둔(吉林省 施家屯) 영신농장(永新農場)에서 아들 김봉년(金峰年)과 함께 일제 관동군 특무대에 잡혀가 1년 이상 비밀감옥에서 고문취조를 받은 뒤 장춘고등법원에서 소위 치안유지법 위반으로 징역 12년형을 언도받아 옥고를 치르던 중 1945년 8·15광복으로 장춘형무소에서 석방되었다.

정부에서는 고인의 공훈을 기리어 1990년에 건국훈장 애국장을 추서하였다.

권애라 애국지사 남편 김시현 선생도 독립운동가

"권애라 애국지사의 조카인 권경애가 생전에 말하길 '애라 고모' 한테서 들은 이야기라면서 삼일운동 뒤에 권애라는 개 성에서 오래 숨어 있지 않고 북으로 망명길에 올랐다는 것이다. 목적지는 만주이고 몇 명의 동지가 함께 떠났다고 한다. 권애 라는 주로 밤에 산길을 걸어 이동하였으며 변장술을 구사했는 데 여자로서 고초가 말이 아니었다. 권애라는 조카에게 당시에 부르던 노래를 들려주곤 했는데 첫 소절 '저녁 연기 떠나가 는 이 밤 어디서 새우리'를 외우고 있다고 했다. 언어소통도 안 되고 지리도 어둡던 권애라는 달포도 안 되어 망명지에서 잡혀 서대문형무소로 이감되어 유관순과 함께 여감방에 갇혔다"

-《권애라와 김시현》 가운데서-

권애라 애국지사에게는 권난봉가라는 별명이 붙었는데 그 사 연은 이렇다. 그는 연설을 잘하기로 소문이 났는데 당시 서대 문형무소에서 출옥하자마자 YMCA에서 강연 요청이 와서 연 단에 올랐는데 일본 순사 미와(三輪)가 연설을 중지시키자 화 가 나서 그럼 노래는 불러도 되느냐고 물은 뒤 '박연폭포'와 '난봉가'를 불렀다는 것이다. 이때부터 권 애국지사에게는 권 난봉가라는 별명이 붙었다. 사연을 모르는 사람들은 마치 권애 국지사가 난봉이라도 부린 양 들릴 지도 모르겠으나 청중에 대 한 연설조차 금지 시킨 것이 일제였다는 것을 권 애국지사의 이 야기를 통해 알 수 있다.

권애라 애국지사의 남편 김시현(金始顯, 1883~1966)선생도 독립운동가이다. 그는 경북 안동 출신으로 호가 학우(鶴右)인데 하구(何求)로 바뀐 재미난 이야기가 있다. 독립운동을 하다 일제의 고문을 받으면서 그는 비밀을 지키기 위해 혀를 깨물었는데 검사가 "도대체 무엇을 구하려는가(何求)?" 라고 왜놈순사가 빈정대어 아예 바꿔버렸다 한다.

김시현 선생은 29살 때 일본으로 건너가 메이지대학 전문부를 거쳐 법학과를 만학으로 다니다가 1917년 귀국하여 1919년 만세시위 때 경북 상주에서 상주헌병대에 체포되었다. 이후 상해로 망명하여 의열단에 가담하여 본격적인 광복 활동을 펼쳤다. 당시 의열단장 김원봉으로부터 최대의 신임을 받았는데 1920년 9월 무렵 의열단이 조선총독부에 폭탄을 투척할 목적으로 국내에 폭탄반입 시도에 가담하다 대구에서 체포되어 대구형무소에서 1년간 투옥되었다.

출옥하자마자 다시 상해로 망명하여 안병찬의 소개로 고려공산당에 입당하고, 모스크바에서 열린 극동인민대표회의에 참가하였다. 거기서 평생의 동지요 연인이 된 신여성 권애라(權愛羅)를 만나 상해로 돌아온 뒤 결혼했다.

1922년 일본 육군대장 다나카 저격사건에 가담하였고 1923년 3월 조선총독을 비롯한 고관 암살과 주요 관공서 파괴를 목적으로 당시 경찰간부이면서 의열단원이었던 황옥(黃鈺)과 공모하여 무기와 화약을 들여오려 한 이른바 '황옥 사건'으로 체포된 이래 일제 강점기 시절 19년간 감옥을 드나들었다.

이후 1952년 백범 암살 배후로 이승만을 지목하여 저격을 시도했는데 "이것은 분명 이승만의 짓이다. 함께 고생하며 독립운동을 한 처지에 정적이라고 죽이다니 그냥 놔두지 않겠다. 민족을 버리고 간 놈이 무슨 대통령이냐, 역적이지. 죽여 버리겠다. 한 번도 진실로 애국자가 되어 본 일 없는 그이니 이번에 자기 목숨을 내놓음으로써 비로소 한번 애국자 노릇 하라고 하지." 라고 하며 1952년 6월 25일 유시태((柳時泰, 당시 62세)를 통해 부산에서 이승만을 저격할 계획을 세웠다. 그러나 이승만 저격 계획이 실패하여 체포되어 사형을 선고받았다. 이후 무기징역으로 감형된 후 1960년 4·19혁명으로 석방되었다. 이 일로 김시현 선생은 아직까지 독립유공자 인정을 받지 못하고 있다.

〈출처: 근현대 인물사전〉

총칼이 두렵지 않던 전주 기전의 딸
김공순

황후를 시해하고 고종을 독살한
검은 마수 더 이상 참지 못해

남문 밖서 성난 파도처럼
흰 소복에 머리띠 질끈 동여매고
뛰쳐나온 기전의 어린 처녀들

총칼의 무단 조치 굴하지 않고
피로써 만든 태극기
목숨 걸고 흔들며 저항할 때

비수에 맞은 심장
솟구치는 붉은 피에
널뛰던 가슴

최후의 1인까지
광복의 그날 위해
뭉치리라 외치던
기전 어린 처녀의 절규
비사벌 너른 들에
울려 퍼졌네.

김공순 (金恭順, 1901. 8. 5 ~ 1988. 2. 4)

전북 정읍에서 태어나 전주 기전여학교(紀全女學校) 재학 중 1919년 3월 13일 전주면(全州面) 남문 밖 시장부근에서 수백 명의 군중과 함께 태극기를 흔들며 항일시위운동을 전개하였다. 서울에서의 만세운동 소식이 전주에 전해진 것은 3월 1일 오전 천도교 교구실에 독립선언서 1천여 장이 전달되면서였다. 그리하여 천도교 전주교구에서는 기독교 쪽과 연락하여 만세운동의 계획을 추진해 가던 중 선언서의 배포가 일경에 사전 탐지되는 일이 있었으나, 이러한 상황임에도 만세운동의 계획은 추진되어 갔다.

이 때 사회 인사들과 더불어 기전여학교와 신흥학교(新興學校)의 학생들도 만세운동 계획에 참가하였다. 이들은 3월 13일 전주 장날을 이용하여 거사하기로 정하고, 김공순 등은 신흥학교 지하실에서 호롱불을 켜 놓고 선언서와 태극기 등을 인쇄·제작하였다. 그리고 거사 당일에는 채소가마니에 태극기를 숨기고 운반하였으며, 정오 남문에서 울리는 인경소리를 신호로 태극기와 선언서를 배포하면서 만세시위를 전개하였다.

김공순 애국지사는 이 일로 잡혀가 1919년 6월 30일 광주지방법원에서 보안법 위반으로 징역 6월에 집행유예 3년을 받아 공소하였으나 9월 3일 대구복심법원에서 기각, 형이 확정되기까지 6월여의 옥고를 치렀다.

정부에서는 고인의 공훈을 기리어 1995년에 대통령표창을 추서하였다.

아 그날의 기전의 딸들아!

정녕 천지가 진동했으리라! 10년의 압제 속에 얼마나 비통했던 날들인가! 파고다 공원에서 성난 백성이 하늘을 향해 절규했던 독립선언을 우리 기전의 딸들이 외치게 된 이 흥분을 어찌 가눌 길 있으랴! 기전의 딸들은 비운에 돌아가신 고종 황제의 명복을 비는 뜻에서 모두 상복으로 갈아입고 머리는 트레머리를 한 뒤 흰 띠로 질끈 동여매서 풀리지 않게 했다. 신발은 짚신을 끈으로 단단히 묶어 맨 뒤 이미 약속한대로 남문의 정오 종소리가 울리기를 최요한나 집 안방에서 초조히 기다렸다.

졸업반 김신희의 어머니 등이 망을 봐주었는데 이들의 신호를 받아 신흥학교 지하실에 감춰둔 태극기와 독립선언서를 채소인양 가마니 부대에 담아 지금의 서학동 파출소 자리에서 서신흥학생들과 기독교 쪽 남자들과 합세하기로 하였던 것이다. 망을 봐주던 어머니들은 자신의 어린 딸들이 나라를 위해 목숨을 걸고 만세운동에 참여하려고 할 때 나가지 말라고 말리지 않고 앞장서서 먼저 출발한 시위대가 남문 쪽으로 밀려들어오는 시기를 알려주어 합세 할 수 있도록 도왔다.

"온다, 온다" 어머니들의 고함소리와 함께 하얀 치마저고리를 입은 기전의 딸들은 아무런 두려움 없이 태극기를 흔들며 시위대와 함께 목청껏 대한독립 만세를 불렀다. 이 날 만세 시위로 잡혀간 기전의 딸들은 김공순, 김신희, 송순이, 임영신, 정복수, 최금주, 최애격, 최요한나, 함염춘, 함염순 등이었다.

그런데 이날 이들이 잡혀 들어가자 밤 9시 함의선 선생을 비롯하여 김순실, 김나현, 강정순, 김인애 등이 주동이 된 시민 230여명의 시위결사대가 도청 앞으로 몰려가 대한의 독립과 애국동포 구속을 석방하라고 외치다가 다시 구속되었다.

이들은 밤 12시 쯤 머리에 용수(죄수 머리에 덮어씌우는 것)를 씌워 반대미에 있는 형무소에 수감되었다. 감옥은 퀴퀴한 냄새가 코를 찔렀으며 시멘트 바닥에 가마니를 깐 상태였다. 여 간수가 들어와서 강제로 옷을 모두 벗기고 몸에 지녔던 성경과 찬송가 그리고 약간의 가지고 있던 돈을 **빼앗아** 가버렸다. 잠잘 때는 명태 역듯이 해서 옆으로 나란히 누워 잤다. 그러나 담대한 마음에서 두려움은 일지 않았다.

다음 날 아침 아침밥으로 나온 콩밥은 도저히 먹을 수 없었다. 이에 기전의 딸들은 먹을 수 있는 밥을 달라고 4일간 단식투쟁을 하였는데 그 결과 집에서 사식을 허용하였다. 부모들은 사식 속에 "조금만 참아라, 곧 풀려나올 것이다" 라는 쪽지를 써 넣어 딸들을 위로 했다. 이에 대한 이야기는 상해임시정부에도 전해져 역사가이자 상해임시정부 대통령을 지낸 박은식의 〈한국독립운동지혈사〉에도 실려 있다.

"우리가 어찌 너희들의 판결에 복종하랴? 너희들은 우리 강토를 강탈하고 우리 부모를 학살한 강도이거늘 도리어 삼천리 주인이 되려는 우리를 비법(非法)이라하니 이런 불법(不法)한 판결이다."

【전주기전학생 3 · 1운동 공판 판결문】

최기물(20살), 최애경(18살), 최요한나(17살), 김공순(18살),
최금수(21살), 함염춘(21살), 정복수(17살), 송순태(18살),
김신희(21살), 강정순(21살), 임영신(21살), 김순실(17살),
김나현(17살)

위 피고인들은 1919년 3월 13일 수백 명의 군중과 함께
대한독립만세를 불러 치안을 방해하였으므로
보안법 제7조 제7호 1조에 의해 징역 6월에 처함.

1919. 6. 30

광주지방법원 전주지청 조선총독부 판사 하시모토지로

태극기 들었다고 끌려간 여학생들, 자랑스럽다
항일여성독립운동가의 산실 전주 기전여고

"얘들아, 우리도 역사상 위대한 발자취를 남긴 사람들처럼 자그마한 힘이지만 뭉쳐서 왜놈들을 물리치자. 이대로 있다가는 도대체 분통이 터져 못살겠다. 무슨 일을 해보자꾸나. 우리가 여학생이라 하여 남자들처럼 못할 이유가 어디 있니? 조금도 겁내지 말고 조국을 위해 무슨 일이든 하자."

《기전 80년사, 1982년에는 3·1만세운동 당시 기전여학교(현 기전여자고등학교) 학생들의 일거수일투족이 그려져 있다.

▲ 해마다 3월 13일에는 기전여고 학생들이 선배들의 만세운동을 재현하며 그날의 정신을 기리고 있다

1919년 3월 13일 정오. 기전의 딸들은 비운에 돌아가신 고종 황제의 명복을 비는 뜻으로 모두 상복으로 갈아입고 머리에 흰 띠를 질끈 동여맨 뒤 신발 끈을 단단히 조이고 남문의 인경(정오) 소리를 기다려 두려움 없이 거리로 뛰쳐나갔다. 그리고는 대한독립만세를 목이 터져라 외쳤다.

전주 장터에서 벌어진 이날 만세운동을 이유로 왜경은 전주 기전학교 출신 여학생 최기물(20살), 최애경(18살), 최요한나(17살), 최금수(21살), 김공순(18살), 함연춘(21살), 정복수(17살), 송순태(18살), 김신희(21살), 강정순(21살), 임영신(21살), 김순실(17살), 김나현 (17살) 등을 잡아 들였다.

'기전학생 3.1운동 공판 판결문' 에 따른 여학생들의 죄목은 "1919년 3월 13일 오후 1시경 수백 명의 군중과 더불어 남문시장 부근에서 태극기를 흔들며 대한독립만세를 불러 치안을 방해하였다" 는 것이었다. 이들은 보안법 제7조 제령 제1조에 해당하는 죄를 들어 징역 6월에 집행유예 3년의 판결을 받았다. 3·1운동 역사상 이렇게 대규모의 여학생이 잡혀간 예도 드물었다. 이 소식이 상해임시정부에 알려지자 임시정부의 대통령을 지낸 역사학자 박은식 선생은 이들의 이야기를 《한국독립운동 지혈사》에 자세히 기록한 바 있다.

"우리가 어찌 너희의 판결에 복종하랴? 너희들은 우리 강토를 강탈하고 우리 부모를 학살한 강도이거늘 도리어 삼천리의 주인이 되려는 우리를 비법(非法)이라 하니 이는 불법(不法)한 판결이라" 고 비분강개하던 여학생들의 불굴의 나라사랑 정신을 그대로 이어받은 전주 기전여자고등학교(교장 원광연)를 찾은 것은 지난 12월 3일로 초겨울 비가 추적추적 내리고 있었다.

▲ 1930년대熊년대 기전여학교 학생들과 선생님

　미리 연락을 받은 원광연 교장 선생님은 친절하게도 현관까
지 나와 필자를 기다리고 있었다. 본관 건물 2층의 교장실로 오
르는 계단과 복도에는 기전여학교의 역사를 한눈에 볼 수 있는
흑백 사진들이 파노라마처럼 전시되어 있었는데 교장선생님은
이들 사진 하나하나의 역사를 자세히 설명해 주었다.

　구한말 어지러운 시기인 1900년 4월 24일 미국 남장로교 출신
의 최마태(mattie tate) 선교사가 소녀 6명으로 시작한 기전학
교는 처음에 전주 은송리(현 완산초등학교)의 작은 초가집에
둥지를 틀었다. 당시 관리들은 이들이 거주하고 있는 곳이 조선
왕조의 발상지임을 들어 다른 곳으로 옮겨가도록 하였다. 이때
전주시로부터 받은 땅이 화산동 일대로 이곳에 교사가 들어서
고 제 1대 교장으로 전킨 선교사가 취임하였다.

　학교 이름을 기전(紀全)이라고 지은 것은 ‘Junkin
Memorial’에서 유래한 것으로 전킨 목사는 1892년 한국에 와
서 선교활동을 하다가 아내가 운영하던 기전여학교에 많은 도
움을 주다가 1908년 1월 2일 세상을 떠났다. 이에 전킨(全緯廉)
을 기념(紀念)하기 위해 기전여학교라고 이름을 지은 것이다.

　1902년 개교할 당시는 남존여비 관습이 강하던 시절이라 학
생 모으기가 쉽지 않았다. 기전여학교보다 1년 먼저 개교한 남

자학교인 신흥(新興)학교에는 학생들이 날로 늘어 갔으나 여학교인 기전은 달랐다. 그래도 선교사들은 학생 숫자보다는 질적인 교육을 위해 힘썼는데 특히 '한국에 필요한 여성, 교회 전도에 필요한 여성'에 초점을 두고 교육에 전념했다.

이러한 교육 이념 아래서 학생들은 자연스럽게 민족적 위기에 직면하여 빼앗긴 조국의 역사적 현실을 직시하고 강한 저항정신을 기르게 된 것이다. 그 밑바탕에는 선교사들의 헌신이 있었음을 두말할 나위 없다.

개교 당시만 해도 트레머리에 쓰개치마를 쓰고 외출하던 소녀들은 머지않아 쓰개치마로부터의 자유를 외치며 여성 차별로부터의 해방의 길을 걷게 된다. 그러나 외형의 변화와 달리자신의 고장 전주에 대한 긍지와 애착은 강했으며 그것은 자연스런 국가의식과 연결되었다.

1937년 7월 중일전쟁을 일으킨 일제는 노골화된 조선인 탄압의 일환으로 궁성요배, 황국신민, 신사참배 등을 강요하기 시작했다. 이에 저항한 기전여학교는 1937년 10월 5일 일제가 강요한 신사참배를 거부하고 자진 폐교의 길을 걷게 된다. 이후 1946년 11월 26일 일제의 패망으로 만 9년 만에 인문과 4년제로 복교하게 된 것이다.

기전여자고등학교는 2005년 3월 21일 효자동 393번지에 신축교사를 짓고 현재의 장소로 이전하였다. 6명의 소녀로 시작한 기전학교는 전국적인 만세운동이 벌어지던 1919년 3월 13일 김공순(1995년 대통령 표창) 애국지사를 비롯, 함연춘(2010년 대통령 표창) 등의 애국지사와 당시 교사로써 이들을 길러낸 한국현대사에 커다란 발자취를 남긴 박현숙 애국지사 (1980년 건국포장) 등 쟁쟁한 여성독립운동가를 배출했다.

▲ 2005년 효자동(완산구 유연로 133)으로 이전하기 전까지 화산동 교사

이러한 선배들의 피는 속일 수 없는 듯 〈혼불〉의 작가 최명희, 중앙대학교 설립자인 임영신, 예수대학교 총장 김강미자 등 수많은 여성지도자들이 민족정신의 요람인 기전여고를 빛내고 있다. 2012년 현재 졸업생은 1만8116명이며 경천(敬天), 순결(純潔), 애인(愛人)의 교훈 아래 27학급 970명이 재학 중이다.

기전여고는 전인교육의 기치 아래 캐나다 애보츠포드 크리스천 고등학교, 중국 텐진 난카이 고등학교, 일본 긴조 가쿠인고등학교 등과 국제교류를 통해 끊임없이 세계를 호흡하고 있다. 또 독서토론, 문예창작(글샘), 동물사랑, 미디어비평, 풍물패(예끼) 같은 46개의 동아리를 만들어 전교생이 균형 잡힌 지성인으로서의 배움의 길을 걷고 있는 것 또한 112년 전통의 저력이 만들어낸 결과다.

또한 역사와 전통의 고장답게 학생들의 시선은 교내를 벗어나 자기 지역의 문화유산까지 시야를 넓히고 있었다. 다름 아닌 전주 한옥마을을 비롯하여 최명희 혼불문학관, 전주전통한지원,

전주향교, 부채문화관 등의 명소를 소개하는 소책자 '한옥마을 이모저모'를 영어판, 일본어판, 한글판 책자(지도교사 한인규)를 만들어 이곳을 찾는 외국인들에게 나눠주고 안내를 하는 등 자원봉사정신을 발휘하고 있다.

"지난번에 전국고교합창 경연대회에서 우리 학생들이 금상을 탔습니다." 원광연 교장 선생님은 교장실 한편에 만들어둔 알림판에 스크랩해둔 기사를 보이며 말했다. 그러나 중요한 것은 상을 탔다는 사실보다 학생들이 받은 상금 300만 원을 자발적으로 백혈병을 앓고 있는 다른 고등학교 2학년 학생의 수술비로 선뜻 기부했다는 사실이라며 학생들의 갸륵하고 기특한 마음을 칭찬했다.

1시간여 대담을 나눈 교장실은 아주 소박하고 정갈했다. 학생들에게 하나라도 더 좋은 교육 기자재를 사서 주고 싶은 마음에 교장실 집기 하나도 함부로 사들이지 않는다고 귀띔하는 모습을 보면서 이러한 교장 선생님의 학생사랑 정신을 고스란히 학생들이 보고 배우는 게 아닌가 하는 생각이 들었다. 사제지간이 서로 배려하고 아끼는 마음이야말로 살신성인의 정신으로 일제에 항거하며 조국의 독립을 찾고자 했던 선학들의 정신과 통하고 있는 것이리라!

대담을 마치고 나오는데 겨울비가 그치지 않자 우산을 미처 준비 못한 필자를 위해 교장선생님은 주차장까지 손수 우산을 받쳐주면서 운동장 끝자락에 있는 등나무 정자를 가리켰다. 사연인즉 이곳 출신의 여학생이 2005년 뜻하지 않은 사고로 죽었는데 그의 어머니가 딸의 죽음으로 받은 보상금을 모교의 후배들을 위한 쉼터로 만들어 달라고 가져왔다는 것이다. 아름다운 모녀의 이야기를 새겨 운동장 끝자락에 학생들의 쉼터로 만들었노라는 설명을 들으니 기전여고 구성원들의 학교사랑 정신이 새삼 돋보였다.

필자가 기전학교를 찾은 까닭은 유관순 열사 외에 알려지지 않은 항일여성독립운동가를 찾아 그들의 숭고한 나라사랑 정신을 세상에 알리기 위한 작업의 일환에서였다. 기전여학교 3회 출신인 김공순(1901-1988) 애국지사는 재학 중 1919년 3월 13일 전주 남문 밖 시장부근에서 수백 명의 군중과 함께 태극기를 흔들며 항일운동을 전개했다.

김공순 애국지사는 3월 1일 서울로부터 전주 천도교구에 독립선언서가 전달되자 대대적인 만세운동을 계획하고 신흥학교 학생들과 함께 신흥학교 지하실에서 호롱불을 켜 놓고 선언서와 태극기 등을 인쇄·제작하였다. 그리고 거사 당일에는 푸성귀 가마니에 태극기를 숨기고 운반하여 정오 남문에서 있었던 만세운동에 참여한 시민들에게 태극기와 선언서를 배포하다가 잡혀 옥고를 치렀다. 전주 기전여학교 학생들의 뜨거운 나라사랑 실천 정신은 길이길이 본받아야 할 것이다.

(필자가 취재한 이 글은 2012년 12월 19일 치 오마이뉴스에 기고한 글임)

댕기머리 열네 살 소녀 목포의 함성
김나열

항구의 바람이 짜다고
탓하지 마라

빼앗긴 나라를
훔치고 지나가는 바람이
야속하다고 투정하지 마라

어린 댕기머리 처녀들
줄지어 쇠창살에 갇혔다고
슬퍼하지도 마라

봄 되면 항구로 불어올
따스한 바람타고
외로운 기러기들 서로 등 기대어
날아오듯

정명의 어린 천사들
항구의 등불을 밝힐 것이니
크고 환하게 밝힐 것이니.

여성독립운동의 산실 목포정명여중을 가다
-2012년 광복절에 7명의 여성 애국지사 포상 받아-

터졌고나 죠션독입성
십년을 참고참아 이셰 터젓네
삼 리의 금수강산 이쳔만 민족
살아고나 살아고나 이 한소리에

피도죠션 뼈도 죠션 이피 이뼈는
살아죠션 죽어죠션 죠션것이라
한사람이 불어도 죠션노래
한곳에셔 나와도 죠션노래

위 노래는 목포정명여학교(현, 목포정명여자중·고등학교)학생들의 독립가이다. "이 자료는 1983년 2월 중학교 교실 보수 작업 중에 발견된 것입니다. 바로 이 건물 천장에서 발견된 것인데 보관상 어려움이 따라 현재 천안 독립기념관에 가있으며 우리 자료관에는 복사본이 있습니다. 어서 가서 보시죠." 정명여자중학교 정문주 교장 선생님은 10월 16일 서울에서 단걸음에 찾아간 필자를 친절하게 자료관으로 안내했다.

자료관으로 쓰고 있는 건물은 목포지역에서 나는 화강암으로 지은 것으로 선교사 사택으로 쓰던 곳이다. 이 건물은 목포의 석조건물 가운데 가장 오래된 건물로 이곳에는 독립운동가를 다수 배출한 학교답게 독립가 등 당시의 함성을 알 수 있는 여러 자료들이 전시되어 있다.

목포정명여학교는 1919년 4월 8일 목포지역의 독립만세운동을 주도적으로 이끈 학교로 그 어느 곳보다 민족정신이 투철했다. 국가보훈처는 이 학교 출신 7명을 광복 67주년인 2012년 8월 15일 애국지사로 포상했다.

이들은 곽희주(19살), 김나열(14살), 김옥실(15살), 박복술(18살), 박음전(14살), 이남순(17살), 주유금(16살)으로 "1921년 11월 13일 전남 목포의 정명여학교 재학 중 독립만세시위를 감행할 것을 협의하고 태극기를 제작하였으며, 다음 날 목포 시내에서 '조선독립만세'를 부르며 만세운동에 참여하다가 체포"된 분들이며 각각 징역 6~10개월을 선고받고 옥고를 치렀다.

나라를 빼앗긴 울분 속에 지내던 뜨거운 피의 낭자들은 1차 세계대전 후 세계열강 사이에 동아시아 질서 재편 등을 논의한다는 워싱턴회의 소식을 듣고 조선의 독립문제가 상정되도록 촉구하는 마음에서 태극기를 들고 교문을 뛰쳐나갔던 것이다.

"(전략) 아! 우리 동포들아 기회는 두 번 다시 오지 않으니 때를 당하여 맹렬히 일어나 멸망의 거리로부터 자유의 낙원으로 약진하라. 동포들아 자유에 죽음이, 속박에 사는 것보다 나으리라, 맹렬히 일어나라!"

-1983년 천장 공사 중 발견된 격문
'우리 이천만 동포에게 경고함' 가운데-

격문을 읽고 있노라면 피가 끓는다. 이천만 조선인 그 누구의 가슴에도 끓어올랐을 피! 그것도 나 어린 여학생들이 앞장섰음을 역사는 영원히 기억해야 할 것이다. 그래서 2012년으로 12회

째 목포에서는 4·8 독립만세운동 재현 행사를 하고 있으며 목포정명여자중고등학교 학생들이 주축이 되어 그날의 함성을 새기고 있다.

▲ 정명여학교 보통과 제9회(1922년) 졸업생들

구한말 격동의 시기인 1903년 9월 9일 미국 남장로교 한국선교회에서 설립한 이 학교는 1910년 6월 보통과 1회 졸업생을 배출한 이래 2011년 2월 81회로 327명의 졸업생을 냈으며 이 학교 출신 졸업생은 모두 21,439명이다. 현재 23대 교장인 정문주 선생님은 "1937년 9월 2일 일본의 신사참배 강요를 거부하여 정명학교는 폐교의 길을 선택했습니다. 그 뒤 10년의 세월이 지난 1947년에 다시 재개교를 하는 바람에 독립운동하신 분들의 자료가 많이 손실되었습니다." 라며 안타까움을 나타내었다. 한편 독립운동사에 커다란 획을 그은 정명학교에 근무하게 된 것을 큰 자랑으로 여기며 애국지사들의 삶을 학생들에게 열심히 전하고 있다고 했다.

오래된 아름드리 팽나무와 느티나무 속에 자리한 자료관을
둘러보고 아담한 학교 교정을 거닐어 보는데 바다가 가까워서
인지 푸른 가을하늘에 살랑대는 바람이 몰고 온 짭조름한 바
다 내음이 항구도시 목포를 실감케 했다. 지금도 목포는 서울
에서 먼 곳인데 91년전 이 땅의 여학생들이 왜경의 총칼을 두
려워 않고 빼앗긴 나라의 광복을 찾고자 만세운동을 주도 했다
는 사실에 필자는 가슴이 찡해왔다.

▲1922년 1월 23일자 동아일보 기사 일부 곽희주, 주유금 등의 이름이 보인다.

보훈 역사상 한 학교에 7명의 애국지사가 포상을 받은 예도
드물 것이다. 그러나 어찌 7명뿐이었으랴. 아직도 햇빛을 보지
못하고 있는 더 많은 애국지사들을 발굴하고 찾아내는 일에 정
부는 박차를 가해야 할 것이다. 그 나마도 여성들의 자료는 거
의 산실되어 오늘날은 재판 기록 등으로 밖에 이 분들의 행적
을 알 수 없는 것이 안타깝지만 14살의 댕기머리 소녀들이 만세
를 부르던 현장은 고스란히 남아 그 후예들이 오늘도 밝고 힘
차게 공부하고 있는 모습이 인상적이었다.

잘 정돈된 아담한 교정을 걸어 나오는데 운동장에서 체육 수
업 중인 학생들의 씩씩한 목소리가 들렸다. 마치 91년 전 여자

의 몸으로 조국의 자유와 독립을 외치던 댕기머리 소녀들인 양 필자는 다시 교정으로 고갤 돌렸다. 그 자리엔 청명한 가을 하늘이 눈부시게 푸르른 모습으로 정명여학교를 내려다보고 있었다.

(필자가 취재한 이 글은 2012년 10월 18일 치 오마이뉴스에 기고 한 글임)

김나열 애국지사의 자료를 찾다가 후손인 장경희 따님과 연락이 닿았다. 마침 장경희 여사께서는 미국 여행을 앞두고 있어 직접 만나지는 못했는데 필자의 여성독립운동가를 알리는 일에 흔쾌히 어머님이신 김나열 애국지사의 삶을 서면으로 알려왔다. "다음과 같이 저희 어머님에 대한 자료를 보내드립니다." 로 시작되는 편지를 그대로 가감 없이 소개한다.

1) 어머님이 지금까지 독립유공자 수상을 신청하시지 않은 이유

어머님은 늘 당시의 기미년 3.1. 운동 만세운동 때의 공적을 신청하시지 않은 이유에 대해 말씀하시길 나와 똑 같은 처지에 있었던 조선 사람이라면 누구나 만세운동에 주동자로서 참석하지 않을 조선 사람이 어디 있었겠느냐고 하셨다. 누구나 해야만 할 일을 당연이 했는데 무슨 큰일을 했다고 보상을 받겠냐 하시면서 겸양의 덕을 보이셨다.

2) 대구 형무소에서의 가장 가슴 아팠던 어머님의 기억

당시 함께 수감 됐던 어머님이 언니로 모시는 천규녀 여사에 대한 쓰라린 기억이다. 대구 형무소에서 얼마나 갈증이 났던지 천규녀 여사 앞으로 따라준 물 컵의 물마저도 어머님이 재빨리

마셨다. 그러자 천규녀 여사가 펑펑 우시면서 네가 얼마나 갈증이 났으면 내 물마저도 마셨느냐 하시면서 도리어 어머님을 위로 하셨던 그 장면은 어머님이 일생을 두고 잊지 못 할 쓰라린 기억이라고 늘 자식들에게 말씀 하셨다.

3) 일생을 요통으로 고생 하셨다.

목포 정명여고의 3·1 운동 주동자로 왜경에게 체포당할 당시 왜경이 어머님의 머리채를 낚아채고 구둣발로 허리를 찬 것이 원인이 되어 일생을 요통으로 어머님은 고생을 하셨다. 어머님이 체포당할 당시의 나이 불과 14살의 어린 소녀였다.

4) 해방 직후의 어머님의 활동

전라남도 애국부인회 회장, 광주 YWCA 회장 등을 역임하시면서 많은 군중집회에서 연설을 하실 기회가 있었다. 그 때마다 자신이 3·1 운동 당시 왜경에 의해 체포되어 옥고를 당하셨다는 말씀은 한 마디도 하시지 않으면서 우리 정부가 무능했고 국민이 일본국민보다 개화하지 못 해서 일제에 합병을 당하는 치욕을 당했으니 이제부터는 우리 국민도 교육에 힘쓰며 단결해야만 한다는 취지의 연설을 하셨다.

5) 백범 김구 선생이 아끼셨던 어머님

백범 김구 선생님은 광주에 내려오시면 늘 우리 집에서 주무셨다. 그리고 김나열 우리 어머님을 사랑 하시고 많은 교훈이 되시는 글을 필묵을 가져오라 하시면서 써 주셨다. 6.·25 전쟁으로 소실 된 것이 너무나 가슴 아프다.

6) 미국에서도 겸양의 생활

미국의 뉴욕 한인회 주최 3·1절 기념행사 때는 늘 어머님께 독립선언문 낭독을 부탁하시면 적극 사양하시다가 할 수 없이 낭독을 하게 되면 늘 겸양의 자세를 취하시는 것을 잊지 않으셨다.

벽장 속에서 태극기 만들며
독립의지 불태운 통영의
김응수

벽장 문 걸어 닫고
호롱불 밝혀 만든 태극기
이로써 빼앗긴 조국을 찾을 수만 있다면
밤샌들 못 새우며 목숨인들 아까우랴

열여덟 꽃다운 처녀
숨죽여 만든 국기 들고 거리로 뛰쳐나와
목청껏 부른 대한독립만세 함성

죄목은 보안법 위반이요
죄질은 악질이라

차디찬 감옥소 시멘트 날바닥에
옷 벗기고 콩밥으로 주린 배 쥐게 해도
단 한 번 꺾이지 않던 그 당당함

그대는 정녕
일신의 딸, 조선 독립의 화신이었소.

김응수 (金應守, 1901. 1. 21 ~ 1979. 8. 18)

통영에서 태어나 부산 일신여학교(현, 동래여자고등학교) 고등
과에 재학 중이던 김응수 애국지사는 1919년 3월 11일 일어난 만
세운동을 주도적으로 이끌었다. 그의 나이 열여덟 살 때의 일이
다. 당시 이들의 만세운동을 기록한 일본 쪽 자료의 따르면 "부
산진 소재 기독교 경영 일신여학교 한국인 여교사 임말이 외 학
생 1명을 취조한바 이 학교 교장인 캐나다인 여 선교사 데이비드
및 한국인 여교사 주경애가 주동이 되어 교원들에게 '각지에 독
립운동이 시작되고 있으니 우리 학교도 거사하자'고 협의를 하
였다. 이러한 사실을 학생들에게 전달하여 3월 10일 고등과 학생
11명이 기숙사 안에서 태극기 50개를 제작하여 이를 기숙사 사
감 메제스에게 넘겼으며 깃대 31개를 발견하였을 뿐 아니라 태극
기를 제작할 때 사용한 붓 따위도 압수하였다."는 기록을 통해 당
시 일신여학교의 만세운동 준비 상황을 엿볼 수 있다.

그런데 여기서 웃지 못 할 이야기가 하나 있어 소개하면 임말이
와 임망이 자매 이야기다. ≪동래학원100년사≫를 통해 좀 더 살
펴보면 당시 교사 임말이(6회 졸업)와 동생 임망이 자매는 형부
인 사카이형사에게 일신여학교의 만세운동 전모를 제보 해버렸
다고 한다. 이로 인해 일신여학교 학생들의 만세운동 전모를 파
악할 수 있게 된 왜경은 만세운동에 가담한 11명의 학생들을 모
두 잡아갈 수 있게 되었으나 이들을 제보한 임말이, 임망이 자매
는 형부 사카이의 도움으로 풀려나와 태연히 학교에 다니고 있었
다. 이러한 사실을 뒤늦게 알게 된 학생들은 10일간 동맹휴학을
통해 이들을 학교에서 쫓아내었다고 한다.

서울의 3·1만세운동 소식이 부산에 전해진 것은 거사 다음날
인 3월 2일로 이 때 기독교 인사들에 의해 독립선언서가 비밀리

에 배포되었다. 이에 따라 부산 내 각 급 학교에서는 만세시위를 준비해 나갔는데, 김응수 애국지사(8회 졸업)는 일신여학교 교사 주경애(朱敬愛)·박시연(朴時淵)을 비롯한 김반수(7회 졸업), 심순의(7회 졸업), 송명진(10회 졸업), 김순복(9회 졸업), 송명진(10회 졸업), 김순이, 박정수, 김봉애, 김복선, 이명시 등 일신여학교 기숙사 학우 10여 명과 함께 만세시위를 추진하였다.

이들은 부산상업학교와 긴밀한 연락을 취하면서 3월 11일 밤을 기해 거사하기로 뜻을 모으고, 3월 10일 저녁에 기숙사 벽장 속에 숨어서 밤을 새워 태극기 50여 장을 만들었다. 그리고 거사당일인 3월 11일에는 수업을 마치고 기숙사로 돌아온 뒤 밤 9시를 기해 교사 주경애·박시연 등과 함께 미리 준비한 태극기를 손에 들고 독립만세를 외친 뒤 시내로 나아가 좌천동(佐川洞) 등지에서 만세시위를 전개하였다. 이 때 그는 시민들에게 태극기를 나누어주면서 시위행렬의 선봉에 섰다가 이를 탄압하는 왜경에 잡혔다.

김응수 애국지사는 왜경으로부터 뺨을 맞고 구두 발로 차이는 등 모진 수모를 당하면서도 "세살 먹은 아이도 제 밥을 빼앗으면 달라고 운다. 우리들이 우리나라를 돌려 달라고 운동하는데 무엇이 나쁘냐?"면서 당당하게 독립에 대한 의지를 천명하는 민족적 기개를 잃지 않았다. 이 일로 1919년 3월 12일 잡혀가 4월 26일 부산지방법원에서 보안법 위반으로 징역 5월을 받아 옥고를 치렀다.

정부에서는 고인의 공훈을 기리어 1995년에 대통령표창을 추서하였다.

거족적인 3·1만세운동에 참여한 사람 수는?

서울에서 만세시위운동이 시작된 3월 1일 평양, 진남포, 안주, 의주, 선천, 원산 등 여러 도시에서 독립선언과 시위운동이 일어났다. 이것은 이미 천도교와 기독교 지도자들에 의해 조직화되었기 때문에 가능한 일이었다. 3월 1일부터 4월 11일까지는 매일 10회 이상 시위가 일어났으며, 시위운동의 정점을 이룬 4월 1일은 하루 동안 67회의 시위가 일어났다. 3월 27일과 4월 2,3일은 50회 이상 일어났으며, 적어도 30회 이상 일어난 날만 15일이었다.

시위운동은 다양한 형태로 전개되었다. 시가지 대로상의 만세시위, 시골 장터에서 행한 장터 만세시위, 야간 산상의 봉화시위, 한 장소에서의 1회성 만세시위, 같은 장소에서 몇 차례 거듭된 시위운동, 인근 지역을 찾아다니며 행한 만세꾼들의 시위운동, 지역과 지역이 릴레이로 이어 받으며 행한 릴레이 시위운동, 일제의 총칼에 목숨을 잃은 사람의 시신을 떠메고 행한 상여시위, 상점 문을 걸어 잠근 상인들의 철시 시위, 학생들의 동맹 휴학시위, 노동자들의 파업, 광부들의 순사주재소 습격시위, 어린이 시위, 거지들의 시위, 기생들의 시위 등 남녀노소, 신분의 귀천을 가리지 않고 전 계층이 다양한 형태로 참여하였다. 이렇게 행한 총 시위 회수는 2,000회 이상, 연인원 200만 이상으로 추산된다.

3·1운동은 독립운동 역량을 획기적으로 강화하는 밑거름이자 독립정신의 기반이었다. 만주와 노령 연해주에서 조직된 40여 개 독립군 단체는 수시로 국내 진공작전을 감행하였다. 특히 3·1운동 결과 수립된 대한민국임시정부는 '국민의 국민에 의한 국민을 위한 정부' 민주공화제를 채택하였다. 3·1운동은 국제사회에 한국인의 자유와 독립에의 열망과 의지를 각인시켰다. 이는 중국 5·4운동, 인도와 이집트, 인도차이나, 필리핀 독립운동에 영향을 주었다.

〈출처: 국가기록원 독립운동관련 사항, '주요독립활동' 김형목(독립기념관 연구원)〉

▲ 일신여학교 8회 출신 김응수 애국지사(왼쪽)와 1919년 무렵 여학생들이 태극기를 수놓은 밥상보 (동래학원 100년사에서)

충남 공주의 만세운동 주동자 혹부리집 딸
김현경

기마 왜병 말발굽
양반 고을 공주 땅에 휘몰아치매
열아홉 처녀 선생 목숨 걸고 나선 몸
총칼도 두렵지 않네

관순 오라버니 동무해서 부른 만세
휘두른 총칼에 몇 번이고 혼절해도
꺾이지 않는 조선 처녀의 기개
헛되지 않아
되찾은 광복의 기쁨도 잠시

화려한 애국지사 훈장도 없이
홍성의 구멍가게 쓸쓸한 주인 되어
외로이 숨겨간 공주의 독립투사

뒤늦은 이승의 빛난 훈장
저승에서 알고 계실까?

김현경 (金賢敬, 1897. 6. 20 ~ 1986. 8. 15)

"목이 터져라 만세를 외치며 장터를 달리다가 기마왜경이 휘두르는 칼에 유관순의 오빠와 함께 맞았어요. 머리에서 흘러내리는 피가 옥양목에 뚝뚝 떨어진다고 느끼는 순간 기절을 한 거예요. 얼마 뒤 정신을 차리고 보니 일본 순사가 어디 한 번 더 불러보라고 하기에 힘차게 대한독립만세를 한 번 더 불렀지요." 1974년 동아일보 3월 1일치에는 "구국의 별 지금은 구멍가게 노파"라는 기사로 김현경 애국지사 이야기가 소개되고 있다. 당시 김 애국지사는 78살이었다.

구한말 무관이던 아버지는 일제에 나라가 넘어가자 관복을 벗고 향리인 공주로 내려가게 되는데 정신여학교 2학년이던 18살의 김현경 애국지사도 아버지를 따라 공주의 영명학교로 전학하였다. 당시 아버지는 고향에서 구둣방을 차려 생계를 이어갔는데 아버지 턱밑에 큰 혹이 있어 혹부리집 딸로 통했다. 졸업 후 집에서 40리 떨어진 원명보통학교 교사로 나가면서 서울의 독립운동 소식을 접하게 되었고 정신여학교의 은사인 여운형 선생이 상해에서 독립선언문 1부를 보내오자 유관순 오빠 유준석과 동료교사들과 함께 등사지로 독립선언서를 밀어 전단을 만들고 학생 30여명과 태극기도 만들었다.

공주지역에서는 1919년 4월 1일 공주면(公州面) 공주시장(公州市場)에서 만세운동이 일어났으며 이는 3월 12일과 15일에 이은 만세운동이었다. 이 일로 왜경에게 검거되어, 이해 8월 29일 공주지방법원에서 보안법으로 징역 4월, 집행유예 2년을 받았으며 이때 유관순을 공주형무소에서 처음 만났다. 김 애국지사는 출옥 뒤 이화학당에서 전문부 보육과 공부를 하던 중에 유관순 열사가 서대문 형무소로 이감되어 옥사했다는 소식을 듣고 아펜젤러 목사와 함께 형무소를 찾아가 유해를 인수하여 학교장을 치렀다.

김현경 애국지사는 25살 되던 해에 서울신학대학 출신인 박상덕 씨와 결혼하여 슬하에 1남 1녀를 두었으나 덴마크로 유학 가서 농학박사 학위를 딴 남편이 학위를 받는 날 죽고 이듬해 아들마저 병사한 뒤 딸 하나를 두고 있다. 충남 홍성에서 구멍가게로 생계를 이어가다 아무도 기억해주는 사람이 없는 가운데 89살을 일기로 숨을 거두었다.

정부에서는 고인의 공훈을 기리어 1998년에 건국포장을 추서하였다.

　일제강점기 충남 공주 지역에서는 만세 시위운동, 동맹 휴교 투쟁, 사회 운동 등 다양한 형태의 민족 운동이 전개되었으며, 많은 독립운동가를 배출하였다. 1935년의 조선총독부 자료에도 이러한 사실이 잘 나타나 있다. 주로 3·1운동 연루자인 〈보안법〉 위반자가 80명, 〈치안유지법〉 위반자가 15명, 소작 쟁의나 노동 쟁의와 관련된 〈폭력행위 등 처벌에 관한 법률〉위반자가 11명, 공주고등보통학교 동맹휴교사건 15명, 기타 사상 범죄자가 9명 등 모두 138명으로 나타났다.

　공주 지역 출신의 독립운동가를 살펴보면 민족혁명당의 윤여복, 임시 정부 충청도 대표 오익표, 신흥무관학교 교관 이관직, 항일구국군 특무 소위 강범진, 철혈단 단장 김형동, 수원농림학교 건아단의 백세기 등이 있다.

　윤여복은 1935년 민족혁명당의 공작원으로 북중국과 동삼성에서 활동하였으며, 1941년부터 1945년까지 조선의용군의 군사요원으로 활약하였다. 오익표는 1919년 4월 임시정부 의정원에서 충청도의원, 상해한인청년회 청년단의 통신부장을 역임하였다. 한편 구한말 대한제국 육군무관학교 출신의 이관직은 신민회가 건설한 신흥무관학교에서 교관으로 활동하였다.

　1927년 만주로 망명한 강범진은 독립군 활동에 투신하였는데, 1931년부터 1933년까지 중국항일구국군에서 활동하였다. 김형동은 1915년 서일, 현천묵 등과 함께 항일운동을 하다 만주로 건너가 1919년부터 북로군정서에 가입하여 김좌진, 이범석 등과 함께 항일투쟁을 전개하였으며, 1925년에는 상해에서 테

러 운동 단체인 철혈단을 결성하고 단장으로 활약하였다.

백세기는 1926년 수원고등농림학교에 재학하면서 항일 학생 결사 단체인 건아단의 창립 회원으로 활동하였다. 1928년 9월 다른 회원들과 함께 일본 경찰에 체포되어 18개월 동안 모진 고문을 당하다가 1930년 2월에 경성지방법원에서 면소 판결을 받았다.

〈출처:디지털 공주문화대전 http://gongju.grandculture.net〉

늠름한 대한의 여자광복군
김효숙

세도가의 폭정과 민중의 탄압에 항거한
홍경래의 고장 평남 용강의 어여쁜 딸
여섯 살 코흘리개 어머니 손잡고
상해 임시정부 아버지 찾아 나선 길

인성학교 훈장이던 아버지 뒤를 이어
꽝쩌우 중산대학 나온 엘리트 여성
코흘리개 모아다가
가갸거겨 글을 통해 민족혼 심어주고
여자의 몸으로 광복군 지원하여
종횡무진 뛰어 온 수십 해 성상

광복 후엔 패잔병 활개치는 중국땅서
믿음직한 여군으로
동포의 무탈한 귀국을 도운이여!

독립투사 남자들 활동에 묻혀
듣고 보도 못한 여자광복군 활약

그대들 들어보았는가!
늠름한 대한의 김효숙 여자광복군을!

김효숙 (金孝淑, 1915. 2. 11 ~ 2003. 3. 25)

광복군 제2지대원 출신인 김효숙 애국지사는 평남 용강(龍岡)에서 태어나 6살 때인 1921년 임시정부 요인이던 아버지 김붕준을 따라 온가족이 중국으로 망명하였다. 2년 전 아버지는 3.1만세운동에 참여한 뒤 중국으로 먼저 건너갔으나 조선에 파견되었다. 그때 용강면 구룡리 자택을 독립운동 자금 모집처로 정한 다음 어머니에게 그 책임을 모두 맡기고 상해로 돌아갔다. 그러나 왜경의 감시가 심해오자 어머니는 효숙과 정숙 두 자매를 데리고 상해로 건너갔다.

외갓집에 가는 줄 알고 따라나섰던 효숙, 정숙 자매는 제물포에서 작은 목선으로 40일간의 항해 끝에 아버지가 있는 상해에 도착하였다. 효숙일가는 상해 하비로에 주거를 정하고 동포 자녀를 위해 세운 인성소학교에 다녔다. 당시 아버지는 임시정부의 요인으로 활동하면서 교민단 조직, 독립신문 발간, 인성소학교 경영을 맡았으나 자금난에 늘 허덕였으므로 모든 생활은 어머니가 져야했다.

당시 망명지사들의 생활은 대동소이했다. 1932년 상해 홍구 공원에서 윤봉길 의사의 거사이후 상해 조계지에 대한 왜경의 감시가 좁혀오자 어머니는 효숙, 정숙 자매를 아버지가 있는 광주(꽝쩌우)로 보내게 되는데 거기서 효숙은 국립 중산대학을 나왔다. 그 뒤 동포 2세들에게 한글과 조선의 역사를 가르쳤다.

참 기쁘구나 3월 하루 / 독립의 빛이 비쳤구나 / 3월 하루를 기억하며 / 천만대 가도록 잊지마라. 만세만세 만만세 / 우리민국으로 만세 만세 만세 / 대한민국 독립만세라.

당시 동포사회에서는 3·1절이 유일한 명절이었는데 이 날만 되면 모두 조국광복을 염원하는 위와 같은 노래를 불렀다. 1938년에는 "한국광복진선청년공작대"에 가입하여 대일선무공작(對日宣撫工作)에 참가하였으며, 1940년에는 한국혁명여성동맹 부회장에, 그리고 1941년 10월에는 임시정부 의정원 의원에 뽑혀 활약하였다. 1944년 10월 광복군 제2지대에 여성의 몸으로 지원하였다. 당시 여자대원은 각 지대마다 30여 명씩 배치되었는데 남자대원들과 똑같이 취사, 통신, 정보수집, 모금 등에 참여하였을 뿐만 아니라 일본군의 사기를 저하시키기 위한 심리작전 전술의 하나로 매일 밤 일본인 어머니가 아들을 애타게 그리는 위장 편지를 썼다. 김효숙 애국지사의 동생 김정숙 애국지사의 경우는 2년 동안 매일 밤 하루에 천여 통씩 편지를 썼다고 한다.

광복군이 없었더라면 8·15 광복이후 일본의 패잔병들 틈에 끼인 우리의 학병들이 태극기를 들고 광복군과 함께 조국에 돌아오지 못하였을 것이라고 김효숙 애국지사가 증언할 만큼 당시 광복군의 활약은 눈부셨다.

정부에서는 그의 공훈을 기리기 위하여 1990년에 건국훈장 애국장(1980년 건국포장)을 수여하였다.

김효숙 애국지사 일가의 독립운동 이야기

* **아버지 : 김붕준(金朋濬, 1888.8.22.~1950 납북),**
  1989년 건국훈장 대통령장 수훈

김붕준 애국지사는 평남 용강(龍岡) 출신으로 1919년 서울에서 3·1독립만세 운동을 이끌고 부인(노영재)와 아들(김덕목), 딸(김효숙, 김정숙) 등 가족전원이 상해로 망명한 뒤 대한민국임시정부 수립에 참여하여 임시정부의 군무부장(軍務部長)·의정원의원(議政院議員)·임시국무원비서장(臨時國務院秘書長) 등을 지냈다. 1921년에는 흥사단 원동위원부(遠東委員部)를 창설하여 활동하였으며 교민단의사원(僑民團議事員)에 뽑혔다. 1928년에는 중국 상해에 거주하고 있던 한국인으로 구성된 대한인교민단(大韓人僑民團)의 5대 단장으로 취임하였다.

1930년에 상해의 한인학교인 인성학교(仁成學校)의 제3대 교장에 뽑혀 혁명청소년을 육성하였고 한국독립당 창당에 참여하였으며 1933년에 대한민국임시정부의 주광동단장(駐廣東團長) 및 중화민국 국민혁명군학교의 참의(參議)로 선출되어 한·중합작으로 항일투쟁을 하던 중 일본군의 진공으로 중경(重慶)으로 이동하였다. 1935년 한국국민당을 창당하고 임시정부를 지원하였다. 1939년 대한민국임시정부 의정원 의장에 뽑혀 활동하였고, 1940년에는 한국국민당·조선혁명당·한국독립당 등 3당을 통합한 뒤 한국독립당이라는 신당을 창당하여 집행위원회 위원에 피선되어 활동하였다. 1943년 대한민국임시정부 국무위원에 임명되었다. 이렇게 조국광복을 위하여 활약을 하던 중 1945년 광복을 맞아 김 구·김규식·이시영 등과 함께 환국하였으며, 건국에 전념하다가 1950년 납북되었다.

* 어머니 : 노영재(盧英哉, 1895.7.10~1991.11.10),
1990년 건국훈장 애국장 수훈

노영재 애국지사는 김효숙 애국지사의 어머니로 1921년 6월 중국 상해에서 밀파된 안내원을 따라 전 가족이 인천항에서 어선을 타고 상해로 망명하였다. 밀항 시 애국부인회 회장인 김마리아가 왜경에 잡혀 심한 고문을 받고 정신이상 상태인 것을 동반하여 상해까지 안전하게 수행하였다. 이후 8·15광복에 이르기 까지 25년간을 임시정부를 따라 중국 각지를 전전하며 온갖 고초를 무릅쓰고 임시정부 요인들과 독립투사들의 의식주 문제를 해결하는 등 정성을 다하여 뒷바라지에 힘썼다. 또한 1941년 6월 한국혁명여성동맹의 결성에 참여하였고 1944년 3월에 민족혁명당에 가입하여 활동하기도 하였다.

* 오라버니 : 김덕목(金德穆, 1913.5.10~1977.7.2),
1990년 건국훈장 애국장 수훈

김덕목 애국지사는 일찍이 아버지 김붕준을 따라 상해로 건너가 인성학교를 졸업하였다. 1931년 흥사단에 가입하여 한중 우호 증진 및 항일의식을 드높이기 위하여 활동하던 중 윤봉길의 홍구공원 의거로 독립운동가 일제 검거에 나선 왜경에 의하여 1932년 4월에 체포되었다가 같은 해 5월 14일 가출옥하였다. 그 뒤 중산(中山)대학에 재학하다가 1939년 3월 중국 중앙군관학교에서 군사훈련을 받고 중국군에 들어가 항일전에 참전하였다. 1940년 2월 중국 군사위원회 군령부 첩보학교를 졸업하고 중국군 상위(上尉)로 적정 수집에 전념하는 한편 광복군 총사령부 참모로서 독립운동에 참가하였다.

* 남편 : 송면수(宋冕秀, 1910.3.14~1950.8.10),
1992년 건국훈장 애국장 수훈,

송면수 애국지사는 강원도 회양(淮陽) 사람으로 1930년 항일 독립운동을 목적으로 중국 상해로 망명한 뒤 1937년 7월 1일 중국 광동에 있는 국립중산대학(國立中山大學) 법학원(法學院) 경제학과를 졸업하였다. 1938년 나월환·안춘생 등 200여 명과 함께 한국청년전지공작대(韓國靑年戰地工作隊 : 광복군 제2지대 전신)를 조직하여 한구(漢口)·무창(武昌)·대전·장사(長沙) 전투에 참전하였으며, 1940년 임시정부가 중경으로 이동하자 후방공작을 담당하면서 항일무력투쟁을 펼쳤다.

또한 장사 마원령에서 40여 명의 한국 청년들과 자신이 직접 각본을 쓴 '국경의 밤'·'상병의 벗'·'전야' 등 항일극을 야전병원과 군부대에서 공연하여 사기를 북돋우는 문화선전 활동을 이끌었다. 1942년 4월 1일 한국광복군 제2지대 개편 때 정훈조장(政訓組長)으로 활동하다가 동년 10월 27일 안 훈이 정훈조장이 되고 그와 함께 조원으로 활동하였다. 항일전이 장기화되자 정규 군사교육을 이수하여야 되겠다는 절실한 필요에 따라 1940년 성도(成都)의 중국육군군관학교 제18기생으로 입교하여 1943년 1월 제1총대 통신병과를 졸업하고 장교로서 군사전문지식을 갖추었다.

1943년 8월에는 한국독립당 제3차 전당대회에 참가하여 중앙집행위원회 상무위원 겸 선전부 주임으로 되어 활동하였다. 그리고 이듬해인 1944년 6월 19일에는 대한민국임시정부의 기구 확대강화에 따라 문화부 편집위원과 선전부 편집위원으로 같은 해 8월 21일까지 활동하였다. 그 뒤 1944년 이범석이 이끄는 한국광복군 제2지대의 정훈조장으로 활약하면서 미국정보처(O.S.S) 두곡지대(杜曲支隊)에서 교육훈련을 받았으며 국내정진군(國內挺進軍) 황해도 지방반장으로 임명되어 국내진공을 준비하고 있던 중 1945년 8월 15일 광복을 맞이하였다. 1946년 대한민국임시정부의 명에 의하여 광복군을 인솔하고 귀국하였다. 6.25전쟁에 참전하여 1950.8.10.전사하였다.

* 동생 : 김정숙(金貞淑, 1916.1.25~2012.7.4),
1990년 건국훈장 애국장 수훈

김정숙 애국지사는 1919년 아버지 김붕준을 찾아 어머니와 언니와 함께 중국으로 망명하였다. 1937년 7월 광동 중산(中山) 대학 재학 중 학생전시복무단을 조직하고 항일의식을 드높였다. 1938년 한국독립당에 가입하였으며, 1940년 6월 17일에는 중경 한국혁명여성동맹을 조직하여 상임위원 겸 선전부장으로 활동하였다. 같은 해 9월 17일 광복군이 창립되자 여군으로 입대하여 대적심리공작을 했다. 1942년 4월 임시정부 교통부 비서, 1943년에는 의정원 비서, 1944년 6월에는 법무부 비서 겸 총무과장에 임명되었다. 1945년에 심리작전 부문을 중요시하게 된 광복군 총사령부가 작전처 안에 심리작전 연구실을 새로 만들게 되자 여기에 파견되어 보좌관으로서 한국어를 전담하여 전단작성, 전략방송, 원고작성 등 여러 가지 심리작전을 했다. 1945년 11월까지 임시정부 국무위원의 주화대표단 비서처 비서로 활동하다가 귀국하였다.

* 동생남편 : 고시복(高時福, 1911.4.18~1953.5.7),
1990년 건국훈장 애국장 수훈

고시복 애국지사는 황해도 안악(安岳) 사람이다. 1931년 일본에서 중경(中京)상업 학교를 졸업하고, 상해로 망명하였으며, 1936년 6월 16일 중앙육군군관학교 제10기를 졸업하고 중국군 9사단에서 복무하면서 대일전에 참전하였다. 1937년 10월 20일에는 중일전(中日戰)에 참전하여 남구잔(南口棧)에서 일군을 무찌른 공로로 임시정부 군무부장 조성환으로부터 포상을 받기도 하였다. 1939년에는 임시정부 군사특파단의 일원으로 섬서성 서안(陝西省 西安)에서 활약하였으며, 1940년 9월에 한국광복군이 창설되자 총사령부 부관에 임명되어 창군업무에 이

바지하였다. 동년 11월 총사령부가 중경(重慶)에서 서안(西安)으로 이동하게 됨에 따라 그는 광복군 제2지대 간부로 전입되어 수원성 포두(綏遠省 包頭)를 근거지로 하여 항일투쟁을 계속하였다. 1942년 12월에는 임시정부 군무부원을 겸직하였으며, 1943년 3월 20일에는 한국독립당에 가입하고 임시정부 내무부 총무과장에 임명되어 활동하다가 1944년 6월 13일 민정과장(民政科長)으로 옮겨 1945년 2월 19일까지 일했다. 1945년 4월에는 광복군 정령(正領)으로 총사령부에 심리작전연구실이 설치되자 그 주임을 맡아 대적 심리전 공작을 하다가 광복을 맞이하였다. 6.25전쟁에 참전하여 육군 준장으로 1953.5.7. 원주지구 전투에서 순직하였다.

총독부와 정면으로 맞선 간호사
노순경

내 동포 내 형제
일제의 총칼에 찔려
낭자하게 흘린 피

한 방울도 헛되게 할 수 없어
쓰라린 가슴 부여잡고
함께 흘린 눈물

피맺힌 한 씻어 내고
기필코 나라를 찾으리라
다짐하던 벗들이여

흰 가운 붉게 물들 때까지
조국을 찾겠노라
다짐하던 그 맹세

돌보는 이 없이
숨져간 그대들
창백한 주검 앞에

붉은 장미 한 송이
곱게 바치노니
부디 편히 잠드소서!

노순경 (盧順敬, 1902. 11. 10 ~ 1979. 3. 5)

"지난 1일 오후 7시경에 대묘(大廟) 앞에서 백포에 붉은 글씨로 「대한독립만세」를 쓴 기와 태극기를 들고 만세를 부른 세브란스병원 간호부 4명에게 경성지방법원에서 다음과 같은 판결언도를 하다. 노순경(18) 이도신(19) 김효순(18) 박덕혜(20) 각 징역 6개월"

매일신보 1919년 12월 20일치 기록에는 당시 만세운동을 했던 간호사 4명의 이름이 적혀있다. 노순경 애국지사는 황해도 송화(松禾) 출신으로 1919년 12월 2일 세브란스병원 간호사로 근무하던 중 서울 종묘(宗廟) 앞에서 만세시위를 했다. 그는 독립운동가 노백린(盧伯麟) 장군의 차녀로 평소부터 남다른 항일의식을 길러왔다. 3·1만세운동 이후 노순경 애국지사는 독립운동에 투신하기로 결심하고 재차 만세운동의 기회를 기다리던 중, 12월 2일에 20여 명의 동지들과 함께 태극기를 제작하여 일제 총독부에 정면으로 대항하는 독립만세시위를 일으켰다. 이로 인해 만세 현장에서 붙잡혀 1919년 12월 18일 경성지방법원에서 소위 제령(制令) 제7호 위반으로 징역 6월을 받아 옥고를 치렀다.

일제강점기인 1914년부터 1944년까지 독립운동에 참여한 간호사는 모두 24명으로 주된 활동무대는 서울과 평양이 중심이었다. 유형별로 보면, 독립만세운동, 군자금모집, 적십자활동, 사회운동, 여성운동, 농촌계몽운동, 첩보활동, 비밀연락, 독립군규합 등에서 활약하였다.

독립만세운동에 참여한 간호사는 노순경 애국지사를 비롯하여 김효순, 박덕혜, 박옥신, 박인덕, 박원경, 윤진수, 이성완, 이정숙, 채계복 등이 활약을 하였다.

정부에서는 고인의 공훈을 기리어 1995년에 대통령표창을 추서하였다.

노순경 애국지사의 아버지는 노백린 장군

황해도 송화(松禾)에서 태어난 노백린(1875.1.10 ~ 1926.1.22) 장군은 1895년 관비 유학생으로 선발되어 1899년 일본 육군사 관학교를 졸업하고 1900년에 귀국하여 육군 참위에 한국무관 학교 교관이 되었다. 1905년 을사조약이 강제로 체결되면서 국 권이 기울기 시작하여 1907년 군대를 해산하게 되자 1907년 도 산 안창호 선생 등과 신민회에서 활동했다.

1910년 국권을 빼앗기자 하와이 오아후 가할루 지방에서 국민 군단(國民軍團)을 창설하여 별동대 주임으로서 3백여 명의 독 립군을 훈련시켰다. 1919년 3·1독립운동이 일어나고 대한민국 임시정부가 수립되자 같은 해 4월 10일 군무부 총장에 임명되 었으며 파리강화회의에 대표로 선발되기도 하였다. 노백린장 군은 미래의 주역은 하늘을 지배하는 자에게 있다고 확신하고 1920년 2월 20일 캘리포니아주 윌로우스에 비행사양성소를 설 립하여 비행사를 양성했다.

노 장군은 1919년 3·1 운동 후 중국 상해로 건너가 임시정부 2대 군무총장으로 선임됐으며 이후 1926년 상해에서 순국할 때까지 교통총장, 참모총장, 국무총리를 역임했다. 장군의 유 해는 상해 만국공묘에 안치돼 있다가 1993년 임정요인 유해봉 환 때 봉환돼 임정묘역에 안장됐다. 글쓴이는 2011년 임시정부 답사단과 이곳을 방문하여 겨레의 독립운동을 하다 이역에 숨 졌던 독립투사의 위대한 나라사랑 정신을 기린바 있다.

정부는 장군의 공적을 기리어 1962년 건국훈장 대통령장을 추서했다.

3·1운동의 꽃 해주기생
문재민

조선기생 샤미셴에 게이샤
흉내 낸다고
기무라 씨 빈정대지 마소

붉은 입술 꽃단장에
해주 처녀
술 따르고 노래한다고
기무라 씨 흉보지 마소

오늘도 웃음 파는
해주기생
영혼의 창에 드리운
해맑은 햇살

우국충정 일편단심
분홍저고리 남치마 속
깊이 감춘
광복의 꿈 뉘라서 알랴!

* 일제강점기 조선에 와서 기방(妓房)을 찾은 기무라(木村一朗)는 일본기생
이 연주하는 샤미셴을 조선기생이 연주한다면서 조선기생 답지 않다고 훈수
하고 있다.

문재민 (文載敏, 香姫, 馨姫 1903. 7. 14 ~ 1925. 12.)

황해도 해주(海州)에서 태어나 16살 되던 해인 1919년 4월 1일, 문재민은 만세운동을 일으키기로 결심하고, 동료 기생들을 모아 해주읍의 독립만세운동을 주도하였다. 3·1운동은 남녀노소·직업의 귀천을 불문하고 거족적으로 일어난 것이었지만, 특히 기생들의 참여는 3·1운동의 의미를 더욱 값지게 하는 것이었다.

문재민은 동료 기생들과 함께 손가락을 깨물어 흐르는 피로 그린 태극기를 들고 해주 종로에서 만세운동을 벌였다. 이들은 종로를 출발하여 남문으로 행진해 나갔는데, 많은 사람들이 호응하여 시위운동에 참가하였다. 시위군중이 동문으로 나갈 때 군중의 수는 3,000여 명으로 늘어났다. 다시 종로 큰 거리로 들어선 기생들은 일시 행진을 중지하고 독립연설을 하였다. 당시 해주 기생 중에는 서화에도 능숙한 기생조합장 문월선(文月仙)을 비롯한 학식 있는 기생들이 많았다. 그들의 이러한 독립연설과 격려문 낭독은 군중들을 감동시키기에 충분하였다. 기생들은 종로에서 다시 서문 밖으로 행진을 계속하던 중, 헌병과 경찰에 의해 강압적인 해산을 당했으며, 이날 문재민(문향희)을 비롯하여 김월희, 문월선, 이벽도, 해중월 등 기생 7명이 구속되었으며 해주지방법원에서 징역 4월~6월을 각각 선고 받고 옥고를 치렀다.

정부에서는 고인의 공훈을 기리어 1998년에 건국훈장 애족장을 추서하였다.

해주에 명성이 높던
문재민(향희) 양의 일생

해주 사람치고 남녀노소를 막론하고 문재민(향희) 양을 모르는 사람은 없다. 그리고 그를 말할 때는 반드시 과거 조선천지를 뒤흔들던 독립만세운동을 떠올리게 된다. 문재민은 해주군 송림면 수압리의 찢어지게 가난한 집에서 태어났다. 그의 아버지 문성관은 생계가 막막하자 13살 난 어린 딸을 해주읍내로 데리고 나와 기생 중매쟁이인 안산이(安山伊)라는 여자에게 2백원(당시 집 한 채)을 주고 팔아넘겼다.

13살 때까지 집 밖에도 나가 보지 않던 재민은 어린 나이에 기생의 몸이 되어 화류계에서 눈물과 한숨으로 지새우면서도 기회만 되면 그 생활을 벗어나고자 안간힘을 썼다. 그러던 중 1919년 3.1운동의 만세 함성이 해주읍내에도 전해지자 이것이야말로 자신이 찾던 일이라는 생각에서 동병상린의 동료들을 모아 만세운동의 선봉자가 되었다. 열여섯 살 때의 일이다.

그러나 그를 기다리는 것은 만세운동 주모자라는 죄목으로 차디찬 형무소 신세였다. 갖은 고문 끝에 출옥하였으나 오도 가도 못할 신세가 된 것을 때마침 박계화 목사 부부가 딱한 소식을 듣고 열여섯 살의 재민을 거두어 개성의 호수돈여학교에 입학시켰다. 이때 향희(香姬)라는 이름을 버리고 재민(載民)이라는 이름으로 바꾸었고 밤낮으로 공부한 결과 줄곧 우등생을 놓치지 않았다. 이러한 가운데서도 자립을 생각하여 주경야독을 하면서 시골집의 동생까지 불러 공부를 시켰다.

이러한 억척스런 그의 노력은 호수돈여학교 고등과로 이어졌고 다시 경성의 이화학교로 전학하게 되는데 가진 것이 없지만 그의 미래는 희망으로 가득 찼었다. 그러나 연약한 그의 몸은 공부와 일을 병행하면서 망가지게 되었고 폐병까지 겹쳐 그만 24살로 숨을 거둔다. 민족의식이 뚜렷했던 기생 출신 문재민의 안타까운 이야기는 조선일보 1925년 12월 13일 치에 소개되었다.

▲ 해주기생 문재민의 안타까운 기사 (조선일보, 1925년 12월 13일)

외국인이 본 조선의 기생
- 조선기생은 조선기생이 되라고? -

"텅 빈 방에 혼자 앉아 있자니 얼마 안 있어 장지문이 배시시 열리면서 호화스런 비단 옷 차림의 두 여인이 들어왔다. 하나는 노랑저고리에 남치마, 하나는 분홍저고리에 흰 치마를 입었는데 퍽 아름다워 보였다. 그립고 그리던 조선기생을 둘이나 끼고 술을 마시니 술맛이 어찌 없겠는가? 두 기생과 밤이 깊도록 술을 마셨다. 그런데 한 기생이 가장 잘 부르는 노래라도 되는 양 '아이다사 미다사니 고와사모 와스레' 와 같은 일본 노래를 부르는 것이 아닌가? 그 노래 소리를 들으니 갑자기 하늘의 선녀가 뒷골목 행낭어멈으로 변한 것 같은 생각이 들었다. 서양인은 서양인의 특징이 일본인은 일본인의 특징이 있는 것처럼 조선기생은 조선의 고유 풍속이나 노래를 불렀으면 더 좋았을 것이다"

이 말은《근대기생의 문화와 예술 자료편 1》에 나오는 기무라이치로 (木村一朗) 가 쓴 '외국인이 본 조선 기생' 이라는 글에 나오는 이야기이다.

한마디로 "조선기생은 조선기생이 되라" 는 말인데 기무라(木村一朗)의 궤변을 더 들어보자. "내지(일본)에 있을 때 저는 조선기생에 대한 퍽 아름다운 꿈을 가지고 있었습니다. 조선기생! 조선기생! 하기에 나는 조선기생이 옛날이야기에 나오는 선녀처럼 아담하고 어여쁜 여인으로 생각했지요. 그래서 조선기생에 대해 한없는 동경과 기대를 가지고 있었습니다."

조선기생이 일본기생 노래를 불러 실망했다는 말이 어째 씁쓸하다. 훈수야 그럴 듯하지만 식민지 땅 조선에서 기생이 된다는 것과 그 기생들이 상대해야 할 사람들이 총독부 관리나 조선의 철도부설권 같은 일로 떼돈을 번 작자들이었음을 알지 못하고 기무라는 자기 식으로 조선기생을 평가하고 있다. 조선기생이 일본노래를 불렀다는 것은 당시 기생집을 드나드는 일본인들이 조선노래보다 일본노래를 선호했기 때문이었을 것이다. 당시 기생 소속은 권번소속으로 기생에게 조선노래만을 부를 수 있는 힘은 없었다.

조선기생이 위대한 것은 춤추고 노래하는 것 외에 다른 일이 주어지지 않은 기생의 신분임에도 나라를 빼앗겼다는 사실과 그 빼앗긴 나라를 되찾는데 자신들도 힘을 보태야 한다는 생각을 하고 행동을 보인 점이다. 이를 뒷받침하는 자료가 있다. 1919년 9월 치안 책임자로 경성에 부임한 치바료(千葉了)의 '조선기생' 에 대한 보고서를 보자.

"우리가 처음 부임했을 때 경성의 화류계는 술이나 마시고 춤이나 추고 놀아나는 그런 기색은 조금도 보이지 않았다. 80명의 기생은 화류계 여자라기보다 독립투사라 함이 옳을 듯 했다. 기생들의 빨간 입술에서는 불꽃이 튀기고 놀러 오는 조선청년들의 가슴 속에 독립상을 불 질러 주었다. 화류계를 출입하는 조선 청년 중에 불온한 사상을 갖지 않는 자는 거의 없었고 경성 장안의 요정은 불온한 독립운동 소굴로 변해 있었다."

이쯤 되면 앞서 기무라가 말한 '조선기생은 일본 노래나 지껄이는 천박한 기생' 이 아닌 것이다. 이번에 다룬 해주기생 문재민 외에도 기생들의 독립운동 이야기는 《서간도에 들꽃 피다》 (1권)에서는 수원 기생 김향화와 33명의 기생을 소개하였고 (2권)에서는 안성 기생 변매화와 5명의 기생을 소개한 바 있다. 앞으로도 이들 기생들의 독립운동 이야기는 계속 될 것이다.

광주 3.1운동의 발원지 수피아의 자존심
박애순

빛고을에 어둠 드리워
한치 앞을 볼 수 없으매

흰 옥양목 치마 찢어
남몰래 그린 태극기 높이 들고
수피아의 어린학생 이끌어
밀물처럼 장터로 뛰쳐나갔네

쌀장수는 됫박 들고
엿장수는 가위 들고
부둥켜안고 외친 광복에의 절규
무등산 너머 백두대간으로
뻗쳐올랐네

피 끓는 그 함성 넘치던 기개
태고의 강렬한 빛으로 뭉쳐
활화산처럼 타올랐어라

그 불씨 당긴 수피아여!
그 이름 영원히 기억하라!

박애순 (朴愛順, 1896. 12. 23 ~ 1969. 6. 12)

매일신보 1919년 4월 17일 치에는 광주지역 3.1운동 관련자 공판 기사가 다음과 같이 실려있다. "광주지방법원에서 3·1독립운동관련자 김복현, 김강, 최한영, 서정희, 박길상, 박애순등 80여 명에 대한 공판이 열렸다. 독립만세운동 혐의로 광주관헌(光州官憲)에 검거 된 자는 3월 11일 이후 99명에 달하였고 관련자 김복현은 나주에서 왔으며 기타는 광주예수교학교(光州耶蘇敎學校) 졸업자이고 박애순(朴愛順)은 예수교학교 여교사이다."

이날 공판에서는 징역 4월부터 1년 6월까지 선고 되었는데 박애순 애국지사 혼자만 최고의 형량인 1년 6월을 언도 받았다. 당시 박애순 애국지사는 광주 수피아여학교 교사로 독립만세시위를 계획했던 주동자였다. 박 애국지사는 김복현·김 강으로부터 독립선언문 50여 통을 받아 다음날인 3월 10일 광주 장날의 독립만세 시위에 수피아여학교 학생들을 대거 참가시켰으며, 독립선언문을 시위군중에게 배포하여 함께 만세시위를 하다 붙잡혔다. 1919년 4월 30일 광주지방법원에서 보안법 위반으로 징역 1년 6월형을 받아 옥고를 치렀다.

정부에서는 고인의 공훈을 기리어 1990년에 건국훈장 애족장(1986년 대통령표창)을 추서하였다.

■ 박애순(朴愛順)

고등과 1회 졸업생으로서, 본교 교사로 재직 중에 광주 3·1 만세운동을 주도하였는데 특히 수피아 여학생 60명을 데리고 만세운동을 선도하여 체포되었다. 1년 6월의 징역형을 선고받았다. 뒤에 서울 안동교회의 전도사로 오랫동안 시무하였다.

■ 진신애(陳信愛)

고등과 3회 졸업생이며 1910년대 본교 교사로서 3·1 운동 때 본교 학생 60명을 데리고 만세운동에 참여하여 독립운동에 이바지하였다. 본교 관련자 23명과 함께 체포되어 징역 10월의 형을 받았다.

■ 최수향(崔秀香)

고등과 6회 졸업생으로, 수피아 재학 중에 광주 3·1 만세운동에 참여하여 징역 4월형을 선고받았고, 뒤에 본교 교사로 봉직하였다. 김양균 변호사(전 헌법재판소 판사) 등 훌륭한 자녀들을 두었고, 장례식을 수피아에서 거행하였다. 뒤에 자손들이 최수향 충헌비를 봉선동에 세웠다.

■ 홍승애(洪承愛)

홍우종 장로의 딸로 수피아 재학 중에 수피아 학생의 동원을 책임지고 광주 3·1 만세운동에 참여하였는데, 의외로 무죄선고를 받았다. 뒤에 일제말엽부터 여전도사가 되어 양림교회 등에서 오랫동안 전도사로 봉직하였다.

■ 최경애(崔敬愛)

고등과 8회 졸업생이다. 수피아 재학 중에 학교 지하실에서
태극기를 준비하여 광주 3·1 만세운동에 참여하였고, 징역 8월
형을 선고받았다. 자녀들을 따라 미국에 가 있으면서도 모교를
위해 끊임없이 기도하였고 장학금을 계속 보내와서 미화 1만
달러로 구애라 장학금을 만들었다. 부군은 한·정(덴마크) 친
선교류에 공이 큰 김영환 목사이고, 김인호 전 청와대 경제수
석은 차남이다.

■ 윤형숙(尹亨淑)

1900년 9월 13일생으로 일명 윤혈녀(尹血女)라 했다. 수피아
여학교 2학년 때인 1919년 3월 10일 광주 3·1 만세운동에 참가
하여 현장에서 징역 4개월의 옥고를 치렀다. 전주 기독교학교
사감, 고창교회 전도사 겸 유치원 교사, 여수 봉산학원 교원 등
으로 근무하였다. 1950년 9월 28일 여수의 미평 과수원에서 손
양원 목사 등과 함께 북한군의 총에 피살되었다.

【취재】

광주 3·1만세운동의 발원지를 아시나요?
항일여성독립운동가의 산실 광주 수피아여고

"그리운 옛동산에 다시 올라 외오쳐 불러보는 애틋한 메아
리여 / 흘러간 세월 자락의 굽이는 물결과 항거의 아우성에 분
노의 저 노도(怒濤)도 / 그 매운 절개로 하여 총칼 앞에 몸을
던져 피 뿌려 싸우던 자매의 그 반일(反日)의 크막한 얼이 깃

들어······."

-정소파 '그리운 옛동산의 노래-교령 팔십에 바치는 시' 가운데서-

항일여성독립운동가들의 발자취를 찾아 빛고을 광주 수피아
여자고등학교(교장 박정권)를 찾은 것은 초겨울 추위가 제법
쌀쌀하던 2012년 12월 3일 오후였다. 겨울비가 내린 탓에 곳곳
에 오랜 역사를 간직한 건물들이 말끔히 세수를 한 듯 정갈했
고 떨어진 낙엽과 어우러진 교정은 어느 이름 모를 화가가 그린
한 폭의 그림 같이 정겨웠다.

서둘렀는데도 학교에 도착한 시각이 오후 5시가 다되었다. 밖
이 어두워지기 전에 교정을 둘러보자는 박정권 교장선생님의
권유로 1911년에 건립된 수피아홀부터 시작하여 3·1만세 운동
기념비까지 둘러보았다. 수피아홀은 현재는 역사관으로 쓰이
고 있는 곳으로 수피아 백년의 역사를 간직한 세월이 힘에 겨운
듯 지금 리모델링 작업이 막 끝나가고 있었다.

약간 언덕에 있는 역사관 건물을 지나 1924년에 지은 아담한
배유지(Eugene Bell 목사의 한국명)기념관에 서서 수피아여학
교를 비롯한 목포 정명학교와 영흥학교 등 한국의 근대화된 교
육기간을 세워 인재를 육성하던 배 목사님의 한국사랑 정신을
되새겨 보았다.

당시 수피아여학교 교사였던 박애순 애국지사는 3월 10일 광
주만세운동주동자로 체포되어 왜경에 모진 고문을 받으면서도
"나는 조선의 독립을 절실히 희망하였기에 만세운동에 참가
하였다" 고 당당히 말하며 왜경을 호통 쳤다. 3월 1일 서울에서
거족적인 만세운동의 물결이 일어난 뒤 닷새 뒤인 3월 6일 광주
양림동의 남궁혁 목사 집에서는 박애순 교사 외에 12명의 애국

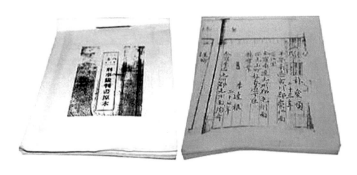

▲ 박애순 애국지사의 형사재판 판결문

지사들이 모여 광주의 독립만세 운동을 꽤했고 드디어 3월 10일 광주에서도 독립만세운동의 불길이 번졌다.

"박애순 애국지사는 고등과 제1회 졸업생으로서, 본교 교사로 재직 중에 광주 3·1 만세운동을 주도하였는데 특히 수피아 여학생 60명을 데리고 만세운동을 선도하여 체포되어 1년 6월의 징역형을 선고받았다." 983쪽에 이르는 방대한 《수피아 100년사》에는 당시 여학생들의 항일투쟁 역사가 고스란히 담겨있다.

"만국강화회의에서 우리나라가 독립이 승인되었다. 각지에서 독립운동이 전개되고 있으니 우리들도 이 운동을 벌여 대한 독립만세를 불러야한다." 며 당시 서울의 만세운동 소식과 더불어 국제정황에 대한 교육을 게을리 하지 않던 박애순 애국지사는 학생들의 피 끓는 애국심을 독려했으며 그 자신이 솔선수범하여 앞장서서 독립운동을 하다가 투옥되었다.

광주지역의 만세운동으로 왜경에 붙잡혀간 수피아여학교 독립투사들은 교사 박애순(징역 1년6월), 교사 진신애(징역 10월)를 비롯하여 학생 20명이 징역 8월에서 4월에 이르는 옥고를 각

각 치렀다. 홍순남, 박영자, 최경애, 양태원(징역 8월), 김필호, 임진실, 고연흥, 박성순, 이태옥, 김양순, 양순희, 윤혈여, 김덕순, 조옥희, 이봉금, 하영자, 강화선, 이나열, 김안순, 최수향(징역 4월) 등의 댕기머리 여학생들은 왜경의 총칼도 두려워하지 않은 채 광주 지역의 만세운동에 적극 가담했던 것이다.

▲ 수피아여학교 학생들이 만세운동을 부르며 달려 나오던 서문통 골목(왼쪽)
　 만세운동을 주도한 박애순 애국지사의 환갑 때 모습(1957)

"밤이면 반짝이는 수많은 불빛들 / 생명은 끝없는 조수를 타고 흘러온다
　초록빛 별빛 같은 들에 과수나무 / 바닷빛 파란 하늘에 걸린 구름들이
　내 일찍이 조선의 빛과 자랑 / 광주보다 좋은 곳을 보지 못했노라"
　　　　　　　　　　　　-수피아 100년사 가운데-

1923년 미국에서 발간한 잡지 'kwangju korea (미국 내쉬빌 미국장로회 외국선교 집행위원회서 간행)에는 당시 빛고을 광주를 이렇게 소개하고 있다. 별빛, 초록빛, 바닷빛, 불빛! 빛의 고장 광주에 정식 여학교가 들어선 것은 1908년 4월 1일이다. 학교를 세운 사람은 미국 남장로교 배유지 (Dr. Eugene Bell) 목사로 수피아(須彼亞)란 이름은 스턴스(M.L.Sterns)

부인의 여동생을 기념하여 "jennie speer memorial school for gils" 이라고 부른데서 유래한다.

2012년으로 104년의 역사를 자랑하는 수피아여고는 항일독립운동가인 박애순 (1986년 대통령표창), 진신애 (1990년 건국훈장 애족장), 조옥희 (2003년 대통령표창) 등 수많은 애국지사를 배출했으며 한국민주화운동에 커다란 발자취를 남긴 광주의 어머니 조아라 여사도 이 학교 출신이다. 이러한 선학들의 정신을 이어받아 법조계는 물론이고 사회 각 분야에 진출한 걸쭉한 동문의 활약이 두드러진 가운데 후학들 역시 뒤질세라 "대한민국 인재상"을 수상하는 등 광주의 자존심 수피아여고의 이름을 드날리고 있다.

〈믿음에 굳게 서자, 실력을 양성하자, 정성껏 실천하자〉는 교훈 아래 현재 총 36학급 1,378명이 재학 중인 광주의 명문 수피아여고는 일제의 신사참배 강요를 거부하여 1937년 9월 6일 자진 폐교한 이래 1945년 12월 5일에 복교한 민족의 자존심을 지닌 학교이다.

"학교장으로 제가 추구 할 것은 단 하나 '행복' 입니다. 수피아 학생들과 선생님들은 하루의 대부분을 학교에서 보냅니다. 따라서 이곳이 즐거운 곳이 되면 모두의 삶이 행복해질 수 있을 것입니다. 사랑과 정이 넘치고 따뜻한 관심과 배려가 넘치는 학교, 스스로 배우려는 활력이 넘치고 서로의 다름을 인정하고 존중하는 학교로 만들고 싶습니다."

수피아여고 누리집(홈페이지)에 있는 박정권 교장선생님의 인사말에서 학생사랑의 마음을 읽을 수 있는데 이러한 교장선생님의 뜻을 이어받아 공부 외에도 학생들은 지구환경탐구반, 사서반, 미국드라마영화감상반, 포크기타반, 시사문제토론반 등 무려 56개의 동아리반을 만들어 행복한 학창시절을 수놓고 있다.

수피아 100년의 힘은 무엇일까? "저는 100년사를 준비하면서 수피아의 힘은 훌륭한 스승임과 아름다운 제자들이라고 생각하게 되었습니다. 미국 남장로교 선교사들이 세운 학교, 그들의 사랑으로 수피아는 발전하여 마침내 동창들의 모교사랑으로 이어져 오늘의 수피아가 되었습니다"《수피아 100년사, 2008년》에 나오는 이 말이야 말로 오늘의 광주 수피아여고를 간결하게 대변해주는 말이 아닐까 한다.

겨울비가 추적추적 내리는 가운데 박정권 교장 선생님과 대담을 마치고 귀경을 서두르는데 사위는 이미 어두워져 버렸다. 대담 내내 미소를 잃지 않던 교장 선생님은 시장할 텐데 학교 식당에서 저녁을 함께 하자고 권해 구내식당으로 갔다. 학생식당과 나란히 붙은 교직원 식당의 저녁 뷔페 음식은 "학교에서 많은 시간을 보내야하는 학생을 배려해 최대한 맛있고 영양가 풍부한 식단을 위해 항상 힘쓰고 있다"는 교장 선생님 말처럼 시내 그 어느 음식점의 음식보다 맛있고 정성이 가득 담겨 있었다.

공부도 행복하게, 음식도 행복하게, 학창시절의 추억도 행복하게 보낸다면 그것이야말로 나라를 빼앗기고 독립을 쟁취하려던 독립운동가들이 꿈꾸던 세상이 아니었을까 싶었다. 광주 학생운동의 발원지이자 항일여성독립운동가들의 나라사랑 정신이 가득 서려 있는 수피아여고 교정을 나오면서 그간 제대로 조명되지 않은 여성독립운동가들을 하루 바삐 정리하여 더 많은 사람들에게 알려야겠다는 생각을 하며 귀경길에 올랐다.

(필자가 취재한 이 글은 2012년 12월 27일 치 오마이뉴스에 기고 한 글임)

여성의식 향상과 민중계몽에 앞장 선
박원희

혹한의 눈보라 속
펄럭이는 만장으로 슬픔을 감추고 떠난 임
세 살배기 어린 딸
어이 남기고 서둘러 가셨는가!

많이 배우고 잘난 여자들
일제에 빌붙어 동포를 팔아먹고
더러운 입 놀려 호화 호식할 때

배운 여자 일수록
구국의 대열에 앞장서라 외치던
서른 해 짧은 생 마감하며 던진 화두

죽어서도 차마 놓지 못할
광복의 그 찬란한 꿈

고이 간직하고 떠나시라고
가시는 걸음걸음 흩뿌리던
하얀 눈송이
희고 순결하여라.

박원희 (朴元熙, 1898. 3. 10 ~ 1928. 1. 5)

1928년 1월 11일 동아일보에는 한 여성의 장례행렬 사진이 크게 실렸다. 한겨울 추위에도 아랑곳하지 않고 수많은 만장과 추도객이 뒤따르는 이 사진은 일제강점기에 보기 드문 장례행렬 사진이다. 이날 장례를 치른 주인공은 서른 살로 요절한 박원희 애국지사였다.

박원희 애국지사는 서울 사람으로 경성여자고등보통학교를 졸업한 뒤 철원보통학교 교사로 3년간 재직하다 일본에 유학하였다. 귀국 뒤 여성운동에 뛰어들어 남편인 김사국(金思國)이 주도한 서울청년회계의 청년당대회(靑年黨大會)에 참여하였다. 1923년 김사국이 간도 용정(龍井)에 동양학원을 설립하여 민족교육을 실시하는 한편, 항일선전문을 배포하고 폭탄으로 일제 기관의 파괴를 계획하자 이에 참여하였다가 체포되었으나 임신 중이었으므로 기소유예로 풀려났다.

1924년 5월 서울에서 여성동우회(女性同友會)를 창립하면서 여성의 권익향상과 계몽운동에 투신하였다. 이어 1925년에는 경성여자청년회(京城女子靑年會)를 주도 조직하고 집행위원에 선임되었다. 이 모임은 일요강습회를 개최하여 여성들에 대한 사회교육을 실시하는 등 여성계몽운동을 전개하였다.

1927년 4월에는 중앙여자청년동맹(中央女子靑年同盟)의 집행위원에 선임되어 '청소년 남녀의 인신매매 금지, 만 18세 이하 남녀의 조혼폐지, 청소년 남녀직공의 8시간 이상 노동야업 폐지, 무산아동 및 산모의 무료요양소 설립' 등을 주장하기도 하였다.

1927년 4월 당시의 여성운동가가 망라되어 신간회(新幹會)의 자매단체로서 근우회(槿友會)를 조직할 때 창립준비위원으로 참가하여 회원모집의 임무를 맡았다. 이후 교양부의 책임자로서 계몽강연에 힘쓰는 등 활발한 활동을 전개하였는데 그만 건강을 잃어 30살의 아까운 나이에 생을 마감하였다. 그의 장례는 사회단체연합장으로 1,000여 명의 각계 인사가 참여한 가운데 거행되었다.

정부에서는 고인의 공훈을 기리어 2000년에 건국훈장 애족장을 추서하였다.

▲정치적 의식이 여자에게 필요하다는 박원희 애국지사의 컬럼
동아일보 1927년 6월 1일(왼쪽) 30살의 나이로 요절한
박원희 애국지사의 장례식에는 수많은 만장행렬이 이어졌으며
1,000여명이 참석했다. (동아일보 1928.1.11)

남편 김사국도 독립운동가

김사국(金思國,1895.11.9 ~ 1926. 5. 8)은 서울에서 태어나 1910년 강제 한일병합이 되자 만주와 시베리아로 망명하여 독립운동에 전념하다 1919년 귀국하여 '국민대회'에 참여하였다. 3·1운동 이후 국내 독립운동가들은 독립운동을 체계적으로 전개하기 위해 임시정부 수립을 계획하였다. 그는 한남수·이규갑 등과 함께 3월 중순부터 임시정부 수립을 계획하고 비밀리에 모임을 가지면서 각 방면으로 동지들을 규합하고 대표자들이 인천 만국공원에 모여 정부수립을 결정하기로 하였다.

4월 19일 그의 집에서 안상덕·현석칠·김유인 등이 회합을 갖고 자금을 모집해 서울 보신각 일대에서 4월 23일 국민대회를 개최하였다. 그는 이 일로 왜경에 체포되어 소위 제령 제7호 위반으로 경성복심법원에서 징역 1년 6월을 받고 옥고를 치렀다. 그는 1920년 출옥 뒤 노동운동의 필요성을 느끼고 노동운동에 투신하였다.

1921년 4월 5일 조선청년회연합회 집행위원으로 뽑히는 동시에 서울청년회를 조직하였다. 또한 4월 9일에는 박사직·김병규·김종범 등과 '조선교육개선회'를 조직하였다. 같은 해 9월에는 태평양회의에 즈음하여 조선청년회연합회 대표로 한국의 독립을 요구하는 진정서를 제출하였으며, 11월에는 일본으로 건너가 흑도회(黑濤會) 결성을 주도하고 조선고학생동우회(朝鮮苦學生同友會)를 조직하였다.

1922년 1월 귀국한 그는 '무산자동지회(無産者同志會)'를 조직하였다. 무산자동지회는 '동일한 사회운동에 뜻을 두는 사람만이 회합하여 무산자계급의 생존권을 확립한다.'는 목적 아래 조직한 비밀결사였다. 그러나 1922년 11월 '신생활' 사건에 연루되어 일제가 체포하려 하자 만주로 망명하였다. 이어 간도에서 동양학원(東洋學院), 영고탑(寧古塔)에서 대동학원(大同學院)을 설립하고 교육구국운동에 전념하였다. 김사국 애국지사는 다시 소련으로 망명해 조선사회운동의 통일을 위해 활동하였고, 1924년 귀국하여 고려공산동맹(高麗共産同盟)의 결성을 주도하고 책임비서를 역임하였다.

정부는 고인의 공훈을 기리어 2002년에 건국훈장 애족장을 추서하였다.

박원희 애국지사의 무남독녀 외동딸 김사건 여사

2000년 8월 20일치 인터넷 청양신문에는 박원희 애국지사의 따님(76살)의 기사가 실려 있다. "독립운동하다 서른 살에 돌아가신 어머니 건국훈장 소식에 얼굴도 모르는 어머니 만난 듯 기뻐 그러나 아버지는… "이라는 제목으로 실린 이 기사는 "독립운동을 하신 부모님이 두 분 다 제가 너무 어렸을 때 돌아가셔서 얼굴도 잘 기억 안 나는데 이번에 어머니가 독립유공자로 훈장까지 받게 되어 어머니를 만난 듯이 기쁩니다."라고 쓰고 있다.

2000년 8월 15일은 김사건 여사 내외에게 감회가 깊은 날이었다. 어머니 박원희 애국지사가 조국을 위해 독립운동을 하다 숨진 지 72년 만에 국가가 그의 공적을 인정하여 건국훈장을 추서한 날이기 때문이다. 무남독녀 외동딸인 김사건 여사의 부모님은 역사의식이 투철했던 만큼 어린 딸이 커서 역사를 위해 일하라는 뜻으로 사기사(史)자와 세울 건(建)자로 이름을 지어줬다.

어머니의 장례날 아무것도 모르는 세 살배기 어린 딸은 이종사촌오빠 등에 업혀서 어머니와 이별한 뒤 어렵고 험난한 세상을 홀로 헤치며 살아왔다. 다행히도 남편 김상태 옹과 55년 전 결혼하여 1남 5녀의 자녀와 시동생, 조카 손주까지 10명을 훌륭히 키우며 살았다. 또한 이들 부부는 평생을 부모님 명예회복을 위해 백방으로 뛰어다닌 끝에 마침내 독립유공자로 인정을 받게 된 것이다. 아버지는 사회주의 이력 때문에 독립운동을 했음에도 탈락되고 어머니만 공적이 인정되었다.

〈출처, 2000.8.20. 청양신문 요약〉

박원희 애국지사의 국가유공자 인정 2년 뒤 광복 57주년이던 2002년에 아버지 김사국 애국지사에게도 정부는 건국훈장 애족장을 추서하였다.

늠름한 여자광복군 1호
신정숙

물 설고 낯선 망명의 땅
전투공작대원 시절
망국노라 놀리던 중국장교
흠씬 두들겨 패준 여걸

상덕 수용소 포로 되어 갇혔어도
절망치 않아
생명의 은인 백범 만나
뛰어든 여자광복군 군번 1호

거친 옷 거친 밥에
지치기도 하련만
솟구치는 그 열정은
하늘이 내린 천성!

빼앗긴 조국을 되찾는데
남녀 구별 있을 수 없어
총 메고 거침없이 뛴 세월
광복으로 보답했네.

신정숙 (申貞淑, 申鳳彬 1910. 5. 12 ~ 1997. 7. 8)

평안북도 의주에서 독립운동을 하던 신조준의 딸로 태어나 선천보성여학교 2학년 때 권고퇴학을 당하고 교회 어른들의 주선으로 충청북도 음성군 출신의 독립운동가인 장현근과 19살에 결혼하였다.

결혼 1주일 만에 남편이 사라졌는데 알고 보니 독립운동의 길로 들어 선 것이었다. 여운형의 소개로 신의주에서 만주로 가려다가 안창호와 남편 장현근이 체포되었다는 소식을 접하고 1932년 6월 7일 서울로 돌아와 남편의 옥바라지를 하였다. 안창호가 장현근을 모른다고 극구 부인하여 집행유예로 풀렸으나 그 뒤 남편은 종적을 감췄다.

그 뒤 신 애국지사는 4년이나 걸려 어렵게 임시정부에 찾아갔다가 광복군에 가담하게 되었으며, 신봉빈(申鳳彬)이란 가명으로 활동하였다. 귀주성 계림 김원봉의 조선의용대에 있으면서 주소도 모르는 백범 김구에게 계속 편지를 한 덕분에 김구를 만나 임시정부 주석실에서 근무하였다.

김구의 개인 비서로 있다가 중국군 특별간부 훈련단 제6분단 한국인 반에 지원 입대하여 1년 반을 훈련받고, 1941년 4월 29일 임시정부 군사위원회로부터 김문호, 이지일, 한도명과 함께 중국 중앙군 제3전구사령부에서 유격작전을 전개하라는 명령을 받았다. 정식명칭은 한국광복군 징모처 제3분처 초모위원겸 회계조장이었다.

한국독립당 제8구당 집행위원을 맡으며 정보수집, 대적방송공작, 선전활동 등을 하며 전투 공작대원으로 용맹스럽게 투쟁을 하였으므로 중국에서도 큰 화제였다. 1942년 장개석은 "한 명의 한국 여인이 1천 명의 중국 장병보다 더 우수하다"고 극찬하였다. 1942년 10월 광복군 제2지대 3구대 3분대에 편성된 이후 1945년 해방이 되기까지 활동하였다.

해방 뒤 생계를 위하여 양계업도 하고 돼지도 기르고, 봉투 등을 붙이는 궁핍한 생활을 하면서도 자신보다 더 어려운 소년소녀들을 보살피는 봉사의 삶을 살았다.

정부에서는 그의 공훈을 기리기 위하여 1990년에 건국훈장 애국장(1977년 건국포장)을 수여하였다.

▲ 한국광복군 징모 제3분처위원 환송 기념(1941. 3.6)
1줄 왼쪽 : 박찬익. 조완구. 김구. 이시영. 차리석
2줄 왼쪽 : 최동오. 김문호. 신정숙. 한도명. 이지일. 김붕준
3줄 왼쪽 : 조성환. 조소앙. 이청천. 이범석. 양우조

백범 김구 선생과 신정숙 애국지사

장개석뿐만이 아니라 백범은 그의 〈백범일지〉에서 신정숙 애국지사에 대해 다음과 같이 썼다.

"봉빈(신정숙)은 비록 여성이나 총명 과감하여 전시공작의 효과와 능률이 중국 방면에 까지 널리 알려져 칭찬을 받았으며 봉빈 자신도 항상 자기가 경이적인 공헌을 하리라고 마음먹고 있어 장래가 촉망되는 바이다."

김구 선생이 쓴 〈백범일지〉에는 비교적 상세히 신정숙(신봉빈) 애국지사의 이야기가 나오는데 요약하면 김구 선생과 신정숙 애국지사는 다음과 같은 인연이 있다. 백범 나이 62살 때인 1938년 5월 6일 중국 장사 남목청 (長沙 楠木廳)에서 백범은 이운한이 쏜 총에 맞아 상아병원에 입원 중이었다. 이른바 남목청 사건이라고 부르는 이 사건은 호남성의 수도인 장사에서 우파 3개 정당의 통합을 논의하던 중 김구를 비롯한 요인들에게 조선혁명당원이었던 이운한이 총격을 가한 사건으로 현익철이 사망하고, 유동열, 이청천 등이 다쳤으며 김구 또한 절명 상태에 있었다. 요양 치료 중에 백범은 어느 날 우표도 안 붙인 한 통의 편지를 인편으로 받게 된다.

편지를 보낸 사람은 신정숙 애국지사로 자신이 상덕 포로수용소에 갇혀있는데 제발 살려달라는 편지였다. 그러나 백범은 이름도 처음 듣는 여자였다. 사연인즉슨 자신은 상해 홍구 공원 폭탄 사건에 관여한 이영근의 처제로 평소 백범 선생을 존

서간도에 들꽃 피다 3 87

경하던 터였으나 일이 있어 중국 산동지방에 왔다가 중국 유격대에 붙잡혀 사지(死地)에 있다는 것이었다.

포로수용소에는 한인포로가 30명이고 일본인 포로가 수백명이었는데 한인 포로는 일본인의 지휘를 받아야만 했다. 그런데 중국인 간수가 보니 신정숙 애국지사는 유창한 일본어로 일본인의 지휘를 거부하는 것을 보고 조용히 불러 조선독립운동가 중에서 친한 사람이 누구냐고 물었더니 백범 김구라고 했다. 이에 간수가 김구의 주소를 아느냐고 했으나 신정숙 애국지사가 알 리가 없었다.

그러나 다행히 간수는 마침 당시에 남목청에서 백범이 저격당한 뉴스를 기억하고 백범이 상아병원에 입원 중인 것을 알아내어 신정숙의 편지를 백범에게 전달하게 된다. 그 때 간수가 "김구에게 편지를 보내면 너를 구해줄 것으로 생각하느냐?" 라고 묻자 서슴지 않고 김구 선생이 알기만 하면 반드시 나를 구출해 줄 것이다" 라고 했다는 것이다.

김구 선생으로서는 생면부지의 여자이지만 이러한 사실만으로도 김구는 신정숙 애국지사가 예사로운 사람으로 보이지 않았을 것이다. 이후 병세가 호전되어 중경으로 간 백범과 신 애국지사는 다시 연락이 닿아 광복군에 입대하게 되고 여성광복군 군번 1호로 남자들과 어깨를 나란히 조국 광복에 한신하게 된다.

신정숙 여사의 일화 가운데 만주에서 전투공작대원으로 유격활동을 할 때의 일이다. 중국군 장교가 "나라를 망쳐먹은 망국노" 라고 놀린 데 격분한 신 애국지사는 이 장교를 두들겨 패 3일간 "감옥" 신세를 졌다. 해방 뒤 1963년에 처음으로 독립유공자 연금제도가 생겼을 때 그는 연금을 거부했다. 당시 독립유공자 선정을 국사편찬위원회의 특별심사위에서 했는데, 독립운동과 무관한 자들을 유공자로 둔갑시키는 그들의 역사왜곡을 용납할 수 없다는 것이 그가 연금을 거부한 이유였다. 이와 같은 이야기는 그의 올곧은 철학이 엿보이는 대목으로 매사가 분명했던 신정숙 애국지사의 성품이기도 하다.

고양 동막상리의 만세 주동자
오정화

임진년 행주대첩 아낙들
행주치마 돌 나르며
왜군을 물리친 땅

즈믄해 흐르는 강
행주나루 동막상리 홍영학교
스무 살 처녀 선생
가갸거겨 가르치며
조국의 민족 혼 심던 이여

빼앗긴 나라를 되찾고자
분연히 일어난 기미년 만세날에
태극기 휘날리며 코흘리개 아이들과
목 놓아 부르던 광복의 노래

아이들 다칠세라 혼자서 짊어진 짐
서대문형무소 차디찬 철창 안에서
모진 고문 견뎌내며 지새운 나날

조국의 독립을 위해
기꺼이 내 놓은 목숨
그 불굴의 의지
꿋꿋한 기개여, 그대 늠름한
조선의 따님이시여!

오정화 (吳貞嬅, 1899. 1. 25 ~ 1974. 11. 1)

1919년 3월 5일 경기도 고양군 용강면 동막상리(東幕上里)에서 전개된 독립만세운동에 참가하였다. 고양군에서는 한지면(漢芝面)과 용강면(龍江面) 및 군내 각 면에서 만세운동이 전개되었다. 이 가운데 용강면 동막상리에서 전개된 만세운동은 정호석에 의해 추진되었다. 정호석은 3월 1일 서울에서 만세운동이 일어났음을 전해 듣고, 동막상리에서도 만세운동을 일으키기로 결심하였다. 그래서 정호석은 3월 5일 자신의 집에서 태극기를 만들어 동막 사립 흥영학교 앞에서 흔들며 만세운동을 전개하였다.

당시 동막 사립 흥영학교 교사였던 오정화 애국지사는 정호석으로부터 만세운동에 동참할 것을 권유받고, 여기에 찬동하여 흥영학교 직원 박성철과 학교 생도 10여 명을 인솔하여 만세운동에 동참하였다. 이들은 학교에서부터 용강면 공덕리까지 행진하면서 독립만세를 외쳤다. 오정화 애국지사는 이날 시위로 1919년 11월 6일 경성지방법원에서 징역 7월에 집행유예 3년을 받고, 미결(未決)로 8개월의 옥고를 치렀다.

정부는 고인의 공훈을 기리어 2001년에 대통령표창을 추서하였다.

▲ 시골집 툇마루에 앉아 있는 오정화 애국지사

독립운동가 오정화 애국지사 손녀,
아그네스 안 씨의 '신 독립운동 이야기'

　지난 3일 화요일 오전 11시 아그네스 안 씨를 만난 것은 서울 시내 한 커피숍에서였다. 까만 원피스에 초록빛 스카프가 잘 어울리는 아그네스 안 씨는 단발머리에 아담한 체구의 밝은 모습으로 내게 다가와 인사를 했다. 서로 얼굴을 본 적이 없는 우리였지만 그녀는 한복 차림의 나를 먼저 알아보고 손을 내밀었다. 방한 중인 아그네스 안 씨는 미국 보스턴에서 산부인과 의사로 일하고 있는데 그가 건넨 명함에는 'Dr. Agnes Rhee Ahn' 이라고 쓰여 있었다. 한인 교포 2세인 아그네스 안 씨를 알게 된 것은 여성독립운동가 오정화(1899.1.25~1974.11.1) 애국지사 때문이었다. 오정화 애국지사는 아그네스 안 씨의 할머니로 3·1운동 때 만세운동을 주도하다 붙잡혀 유관순 열사와 함께 8개월간 옥고를 치른 뒤 일제의 감시를 견디지 못해 만주로 가서 갖은 고생을 하다 해방 이후 한국으로 돌아와서 75살로 삶을 마감한 분이다. 오정화 애국지사는 2001년에 독립운동이 인정되어 대통령표창을 추서 받았다. 부모님의 이민으로 1961년 미국에서 태어난 아그네스 안 씨는 이러한 외할머니의 독립운동사실을 모른 채 동양인으로서 미국문화와 생활에 적응하게 하려는 부모님 밑에서 열심히 공부해 의사가 되었고 2남 1녀를 낳아 평범한 삶을 살고 있었다. 그러던 어느 날 막내아들 마이클이 10살 무렵 학교에서 돌아와 울면서 던지는 질문에 큰 충격을 받게 된다.

"왜 한국인들은 착한 일본인들을 괴롭혔느냐?" 라는 질
문이 그것이었다. 아들 마이클이 이러한 질문을 던진 것은 역
사 왜곡 논란에 휩싸인 〈요코 이야기(원제, So Far From the
Bamboo Grove)〉를 읽고 던진 질문으로 이 날부터 아그네 안
씨는 한국의 역사 공부를 독학으로 하게 된다. 2006년 9월 일이
다.한글을 거의 모르는 아그네스 안 씨는 영어로 쓰인 일제강점
기에 대한 책이 없다는 사실에 놀랐다. 마침 중국인 2세 아이리
스 장(Iris Chang, 張純如)이 쓴 'The Rape of Nanking, 남
경의 강간' 을 읽고 큰 충격을 받게 된다. 이 책을 쓴 중국계 미
국인 아이리스 장은 똑똑하고 촉망받는 젊은 저널리스트로 그
의 부모는 중국출신 미국이민자였다.

조부모가 남경대학살을 몸소 겪은 만큼 아이리스 장은 중국
이 일본군에 의해 참혹한 살상을 겪은 것에 분노했고 이러한
사실을 세상에 알리고자 남경대학살의 현장증언과 자료를 토
대로 불후의 명작인 〈남경의 강간〉을 남기고 36세의 아까운 나
이로 죽게 된다.

▲ 아그네스 안 씨가 충격받은 〈남경의 강간〉은 36살에 요절한 중국인
아이리스 장이 쓴 책으로 전 세계에 일본군의 참상을 고발한 불후의 명작이다.(왼쪽)
남경대학살에서 중국인 목 베기 경쟁을 하던 잔인한 일본군 소위의 기사

필자도 남경대학살에 관한 책을 읽었을 때 충격이 컸지만 아그네스 안 씨의 충격은 필자보다 몇 곱절 컸을 것이다. 왜냐하면, 미국에서 태어난 아그네스 안 씨는 그때까지 그의 고백처럼 일제강점기에 대한 지식이 거의 없었던 데다가 일본제국주의가 저지른 아시아 제국의 참상에 대해서도 배운 바가 없었을 것이기 때문이다. 그녀는 동양인으로서 미국에서 살아남으려고 철저히 미국인으로 교육받으며 성장했다고 했다.

남경대학살기념관을 방문한 사람은 기념관 안의 한 신문 기사에 눈을 떼지 못한 경험이 있을 것이다. 그것은 일본군 소위(少尉) 무카이 도시아키와 노다 츠요시의 기사로 그들은 누가 먼저 100명의 목을 베는가 경쟁을 벌였는데 106대 105로 두 사람은 다시 연장전에 들어갔다는 내용이다. 이 한 장의 사진이 야말로 당시 피비린내로 물든 남경의 참상을 말해주는 그 어떤 말보다 우선한다. 일본군의 잔학한 만행이 기록된 '남경의 강간'은 애국지사 오정화 여사의 손녀 아그네스 안 씨에게 적잖은 충격을 주었을 것이다.

조국의 일제강점기 역사에 대해 차츰 눈 떠가면서 아그네스 안 씨는 평범한 의사에서 일본의 역사 왜곡에 깊은 관심을 두는 '신 독립운동가'가 된다. 아무렴, 독립운동가 후손의 피 속에 흐르는 유전자가 그를 가만 놔두었을 리가 없다. 아그네스 안 씨의 식민지 조선과 가해국 일본에 대한 역사공부 독학은 무서운 속도로 진전을 보였다. 그녀는 하버드대학 도서관을 위시하여 역사의 기록이 있는 곳이면 어디든 달려갔다. 그러한 기록의 보따리는 대담을 하는 동안 가방 속에서 주렁주렁 고구마 줄기처럼 이어져 나왔다.

일제강점기의 가해국인 일본이 피해자로 둔갑하여 가냘픈 소녀의 체험이라는 탈을 쓴 채 〈요코 이야기〉라는 제목으로 꾸며 진 책이 미국의 초·중등학교 교재로 읽히고 있는 현실을 눈앞에 두고 아그네스 안 씨가 받았을 충격의 크기는 안 봐도 짐작이 간다. 그러나 아그네스 안 씨가 더 큰 충격을 받은 것은 문제의 책 〈요코 이야기〉가 15년간이나 미국 초·중등학교 교재로 사용되고 있는 것을 까마득히 모르고 있었다는 사실이었다. 이러한 사실을 알게 된 이후 아그네스 안 씨를 포함한 한인 학부모들은 이 책의 문제점을 낱낱이 지적해 미국 공립학교 추천도서 목록에서 빼고자 많은 노력을 기울였으며 아그네스 안 씨도 그 한가운데서 적극적으로 투쟁했다.

2007년 1월 31일 자 〈연합뉴스〉에는 이런 기사가 실렸다. "미국 뉴욕의 한 공립중학교가 한국인을 가해자, 일본인을 피해자로 묘사해 역사적 사실을 왜곡했다는 비판을 받고 있는 〈요코 이야기〉의 수업을 30일 전격 중단했다. 또 보스턴 지역의 한 공립중학교는 지난 13년간 해마다 계속돼온 작가 요코의 학교 방문 강의를 중단하기로 공식 결정했다. 뉴욕시 퀸즈에 있는 '제67 공립중학교(MS 67)' 는 지난주부터 6학년 학생들을 대상으로 수업에 들어갔으나 한인 학부모와 학생들의 반대의견을 받아들여 29일부터 이 책의 수업을 멈추고 교재로 나눠줬던 책을 수거했다……."

요코 윗킨스(78)씨가 줄기차게 자서전이라고 주장하는 '선량한 일본인, 나쁜 한국인' 책을 한인 학부모들이 더는 좌시할 수 없어 투쟁한 저항의 결과였다. 아그네스 안 씨의 아들 마이클의 학교인 보스턴 도버 셔번중학교(Dover Sherborn Middle Schoo)에서도 2007년부터 이 책을 더 이상 학생들에게 수업교재로 쓰지 않게 되었다고 아그네스 안 씨는 그간의 정황을 전했다.

이러한 움직임은 미국 전역으로 확대되고 있으며 많은 학교에서 이미 필독서에서 빼거나 뺄 것을 검토하고 있다니 다행이다. 이것은 오로지 역사왜곡을 바로 잡으려고 앞장선 아그네스 안 씨 같은 한인교포들의 피눈물 나는 노력에 의한 것이다.

조용히 눈 감은 애국지사 할머니... 영문 한국 역사책 없어 안타까워

한인교포 2세인 아그네스 안 씨는 한국말을 거의 못했고 나 역시 영어가 자유롭지 않은 터라 우리는 통역을 사이에 두고 이야기를 나눠야 했다. 그러나 독립운동가의 후손인 아그네스 안 씨와 여성독립운동가의 삶을 추적하는 필자는 눈빛만 봐도 서로 마음을 읽을 수 있었다.

아그네스 안 씨는 필자와 대담하는 동안 두툼한 가방에서 수도 없는 서류와 사진을 꺼내 보여주었다. 그 속에는 유관순과 함께 감옥 생활을 했던 자신의 할머니 오정화 여사의 흔적을 찾으려고 만주 일대를 헤매고 다닌 사진도 있었다.

아그네스 안 씨의 할머니는 돌아가실 때까지 독립운동 이야기를 입 밖에 꺼내지 않으셨다. 생각해보면 아그네스의 할머니야말로 직접 만세운동에 가담하여 갖은 고문을 견디며 감옥생활을 했던 분으로 당시 일본인의 조선인 학대와 학살, 착취, 강간 등을 직접 두 눈으로 목격하셨던 분이다. 그럼에도, 할머니는 요코 이야기를 쓴 요코 윗킨스처럼 평화를 위해서라는 궤변을 떨면서 가증스러운 책 따위로 세상을 호도하지 않고 그 시대 한국의 여성독립운동가들 대부분이 그러하듯 조용히 침묵한 채 삶을 마감하셨던 것이다.

이번에 아그네스 안 씨의 방한 목적은 미국인 교사의 한국문화 체험과 세미나 참석차였다. "교육의 질은 교사의 질을 넘지 못한다" 라는 말이 있다. 미국교사들이 일제강점기 한국에 대해 더 잘았더라면 〈요코 이야기〉같은 책이 미국 학교에서 필독 교재로 채택되었을 리가 없었을 것이라는 것에 주목하여 아그네스 안 씨를 중심으로 한 보스톤 한인 부모들은 미국교사들이 한국 역사와 문화를 알도록 하는 일에 적극적으로 나서고 있다.

그러나 이러한 과정에서 큰 애로사항을 꼽았는데 영어로 쓰인 한국문화와 역사에 관한 책이 턱없이 부족하다는 소식이었다. 특히 오정화 할머니처럼 일제강점기에 독립운동을 한 여성들의 이야기를 비롯한 한국인의 독립운동이야기나 식민지 시절의 역사를 다룬 교포 3세, 4세들이 이해할 수 있는 영어판 책이 절실하다고 말했다. 반면에 일본은 자국의 문화와 역사에 대한 다양한 책을 영어로 만들어 활용하고 있다면서 안타까워했다.

오전 11시에 만나 점심으로 맛있는 한식을 함께 하려던 계획도 접어두고 점심때를 넘기면서까지 장장 세 시간 넘게 나눈 아그네스 안 씨와의 대담은 매우 뜻 깊었다. 같은 한국인이면서 대담 내내 통역을 통해 전해 들어야 하는 언어소통이 아쉬웠지만 마음속 깊은 곳에서 공감하던 민족의 아픈 역사에 대한 느낌은 전혀 다르지 않음을 확인했다.

무엇보다도 아그네스 안 씨를 만나고 나서 일제강점기에 조국의 독립을 위해 온몸을 불살랐던 1세들이 가고 2세들도 연로하여 3세들이 주역으로 활약하고 있는 지금 앞으로 4세, 5세로 이어지는 미래 세대들을 위해 어떻게 독립정신을 계승시켜야 할

지에 대한 걱정이 앞섰다.

더군다나 나라밖 교포들의 올바른 역사관과 독립정신의 계승에 대한 대책이 전혀 없는 가운데 교포 3세인 아들세대를 위해 왜곡된 일본인의 역사인식을 바로 잡으려고 호주머니를 털어가며 외롭게 투쟁하는 아그네스 안 씨의 모습이 안쓰러웠다.

올해로 해방 67주년을 맞이하지만 여전히 거짓과 왜곡으로 가득 찬 일본인들의 역사의식에 경고의 끈을 늦추지 않는 한인 교포들의 노력과 그 한가운데서 열심히 뛰고 있는 아그네스 안 씨에게 큰 응원의 손뼉을 치면서 대담을 마쳤다.

(필자가 취재한 이 글은 2012년 7월 6일 치 오마이뉴스에 기고 한 글임)

열일곱 처녀의 부산 좌천동 아리랑
이명시

어여쁜 곤지 찍고
고운 칠보단장 꿈꿀 열일곱 처녀
나라 빼앗기니 꿈도 사라져
일신학교 언니 동생 한데 불러 모아
독립의 길 앞장섰네

스승을 위협하고
형제자매를 찌른 칼
피 할 수 없는 길이어 든
당당히 받으리라

험난한 구국의 길
가로막는 총구 앞에
두려움 떨치고 일어난 이여

죽음도 불사한 독립의 함성
그 이름 아로새긴
일신의 횃불이여!

이명시 (李明施, 1902. 2. 2 ~ 1974. 7. 7)

부산 일신여학교(현, 동래여자고등학교)와 좌천동에서 전개된 만세운동에 주도적으로 참여하였다. 1919년 3월 2·3일 무렵 기독교계통의 인사들을 통하여 독립선언서가 부산·마산에 비밀리에 배부되었다. 이때 서울로부터 학생대표가 내려와 경성학생단 이름으로 부산상업학교와 동래고등보통학교 학생 대표들에게 독립선언서를 전달하고 만세운동을 권유하였다. 이에 따라 일신여학교를 비롯한 각 급 학교에서는 거사를 준비하였다.

일신여학교에서는 이명시 애국지사가 연락을 담당하였다. 3월 11일 새벽 일신여학교 기숙사 주변을 비롯한 각처에는 격문이 뿌려졌으며 3월 11일 오후 9시 이명시 애국지사를 비롯한 고등과 학생 11명은 교사 주경애, 박시연과 더불어 태극기를 손에 들고 독립만세를 부르며 만세시위를 전개하였다. 이때 일본 군경이 대거 출동하여 여학생 전원과 여교사 2명을 붙잡아 부산진 주재소로 넘겼다. 이명시 애국지사는 1919년 4월 28일 부산지방법원에서 보안법 위반으로 징역 5월을 받고 부산형무소에서 옥고를 치렀다.

정부는 고인의 공훈을 기려 2010년에 대통령표장을 추서하였다.

▲ 뒷줄 왼쪽부터 이명시 애국지사의 남편, 이명시 애국지사, 호주선교사
앞줄 왼쪽에 앉은 아이가 이명시 애국지사의 따님 한영애 여사의 5살 때 모습
(현, 미국거주 87살).

미국에 사는 따님 한영애 씨가 기억하는
어머니 이명시 애국지사

"당시 17살이던 어머니는 만세운동당시 연락책을 맡았는데 나들이 때에는 처네(주로 시골 여자가 나들이를 할 때 머리에 쓰던 쓰개. 두렁이 비슷하게 만들며 장옷보다 짧고 소매가 없다)를 쓰고 다녔으며 늘 약병 같은 것을 갖고 다녔다고 했다. 이는 출입을 감시하던 경찰로부터 불신검문을 당할 것을 대비해 환자에게 약을 전하러 간다고 속이기 위해서였다. 어머니는 박순천 여사와 함께 감옥생활을 하면서 서로 의지했으며 출옥 뒤에는 만세운동으로 감옥살이 하는 분들의 뒷바라지를 도맡아 했다. 8·15 광복 뒤에는 기독교 신앙을 바탕으로 혼자 사는 노인과 고아원을 찾아 봉사활동으로 생을 마감했다."

따님 이영애 씨가 기억하는 어머니 이명시 애국지사는 평소 매우 부지런해서 어머니가 잠시 앉아 쉬는 모습을 본적이 없을 정도였으며 언제나 "나라 없는 백성보다 불쌍한 인간은 없으니 작은 행동이라도 바르게 하고 맡은 바에 최선을 다하되 봉사의 삶을 살라." 고 당부하셨다고 한다. 소녀 때부터 예의바르고 책임감이 강해서 동래교장(외국인 선교사)이 양딸로 삼아 숨을 거둘 때는 평소 아끼던 유물을 이명시에게 주라는 유언을 할 정도로 어머니를 아꼈다고 한다.

미국에 살고 있는 이명시 애국지사의 따님과의 연락은 우연한 기회에 이뤄졌는데 어느 날 필자는 미국에 사는 한 시인으로부터 다음과 같은 메일을 받았다.

"미국 LA에서 38년 간 살면서 '시 공부'를 하고 있는 이성호입니다. 선생님의 주소는 한국일보 강은영 기자로 부터 받았습니다. 저는 이곳에서 민족시인(이상화 이육사 윤동주 한용운)들을 기리며 그분들의 작품을 암송, 낭송하는 문학행사를 8년간 하고 있습니다. 우리행사는 4년 전 KBS 9 시 뉴스에도 소개된 바 있는 뜻있는 행사입니다. 해마다 약 250여 명이 모입니다."

이성호 시인이 얼마 전 글쓴이에게 보내온 메일이다. 필자가 여성독립운동가를 수소문해서 글을 쓴다는 소식이 한국일보를 통해 보도되자 이성호 시인은 자기 주변에도 여성독립운동가 이명시 애국지사(2010년 애국지사로 인정)의 따님이 살고 계시다는 소식을 전해왔다. 이성호 시인과의 인연은 그렇게 이어졌고 바쁜 타향살이 속에서도 조국의 민족시인들을 잊지 않고 그분들의 나라사랑 정신을 이어받으며 지내고 있었다. 또한 이명시 애국지사에 대한 부족한 자료를 따님을 통해 전해주는 열의를 보였다.

이명시 애국지사의 따님은 의사로써 한국에서 서울여대 교수를 거쳐 개업을 하다가 1973년 미국으로 건너간 이래 남편 한우식 화백과 함께 18년 간 한 화랑을 경영했으며 현재 서예가(광주 비엔날레 초청 서예가)로 후진양성을 하고 있다고 전해왔다.

* 부산 일신학교의 독립운동 이야기는 이 책 4번 째 애국지사인 "벽장 속에서 태극기 만들며 독립의지 불태운 통영의 "김응수" "편을 참조.
** 부산 일신학교 출신 박차정 애국지사 이야기는 《서간도에 들꽃 피다》〈1권〉 51쪽 "부산이 낳은 대륙의 불꽃"에 소개되어 있다.

황해도 평산의 의병 어머니
이석담

맑은 물 수려한 풍광 황해도 땅
아홉 구비 휘몰아치는 석담구곡
정기 받은 율곡의 12대손 귀한 따님

일찍이 임진란 난리에 순절한
정경부인 노 씨 할머니 삶 배우더니
평산 신 씨 스무 살 남편 죽고
시어른 지극정성 봉양할 때

꺼져가는 등불 앞에 놓인
나라 소식 듣고
대대손손 이어 오던 전답 팔아
의병 뒷바라지 앞장서니

석담부인 의로운 일
해주 개성 장단까지 알려져서
몰려든 독립투사 문전성시 이루었네

즈믄해를 이어오는 석담구곡(石潭九曲)
세찬 물줄기처럼 가없는 석담부인
의병사랑 세세손손 흐를레라.

이석담 (李石潭, 1859. ~ 1930. 5.)

황해도 고산면 석담리는 율곡 이이가 지내던 곳으로 그 후손이 대대로 살았다. 이곳은 계곡이 깊고 맑은 물과 풍광이 수려한 곳으로 계곡물이 아홉 번 굽이친다고 해서 율곡 선생이 석담구곡 (石潭九曲)이라 이름 지었다. 이곳에서 율곡의 11대 손인 이한영의 일곱 자녀 가운데 넷째로 태어났는데 장성하면서 사물에 대한 판단이 명확하고 모든 일에 소신을 굽히지 않으니 그 누구도 어린아이로 낮춰보지 않았다. 이에 아버지가 석담구곡의 영기(靈氣)를 받았다는 뜻에서 석담이라 이름을 지어주었다.

어렸을 때부터 율곡 이이, 퇴계 이황, 조정암, 주회암 등의 이름 높은 학자의 신위를 모시는 소현서원(紹賢書院)과 임진왜란 때 순절한 정경부인 노 씨 할머니의 정절을 기리는 절부각(節婦閣)의 제사 등을 통해 율곡 선생의 학덕과 정경부인의 정절을 몸에 새기며 자랐다.

19살 때인 고종 14년(1877년) 평산군 마산면의 평산 신 씨 집안으로 시집을 갔는데 고려의 개국공신이었던 명문가였다. 그러나 결혼 후 얼마 안 돼 시아버지가 별세하고 이어서 남편이 20살로 세상을 뜨게 되면서 두 딸의 양육과 시어머니 봉양에 최선을 다하였다.

그러던 중 일본의 강압적인 을사늑약(乙巳勒約)이 체결되자 전국 각지에서 항일의병이 봉기하였다. 평산에서는 의병대장 의암 유인석과 긴밀한 연락을 도맡던 채홍두, 변석현, 신재봉과 같은 항일 구국지사들의 격문을 내걸고 의병활동을 개시하였다. 의병대장 박기섭, 돌격장 김창호, 중대장 심노술 등 항일의병들은 평산을 중심으로 의병활동을 펼쳐 일본에 큰 타격을 주었다. 이석담 애국지사는 의병장 조맹선·이진용 휘하의 부하 의병들을 자신의 집에 은닉하고 숙식을 제공하였으며 자신의 소유 전답을 팔아 그 전액을 의병들의 군자금으로 제공하였다. 1919년 경술국치를 당하자 일제가 주는 소위 은사금(恩賜金)을 거부하며 항일 의지를 굽히지 않았다.

　정부에서는 고인의 공훈을 기리어 1991년에 건국훈장 애국장(1977년 대통령표창)을 추서하였다.

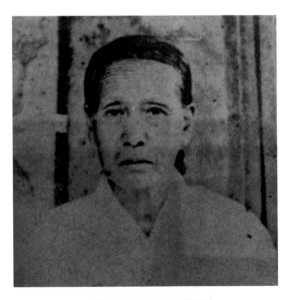

▲의병의 어머니 이석담 애국지사

일제의 은사금(恩賜金)과 이석담 애국지사

국권이 바람 앞에 선 등불 같던 시절 전국 각지에서 나라를 구하고자 의병이 일어나고 시위대(侍衛隊) 대장이던 박승환의 자결을 비롯하여 민영환, 이범진, 이만도 같은 우국지사들은 스스로 나라를 지키지 못했다며 자결의 길을 걷게 될 무렵 송병준, 이완용 같은 매국노들은 일본이 내려주는 돈 이른바 은사금을 받아 그 이름을 더럽히고 있었다.

"은사금(恩賜金, おんしきん, 온시킹)이란 일왕이 내려주는 것으로 신하의 충성스런 행적과 앞으로의 충성을 바란다는 뜻으로 내려주는 돈, 이를 받는 것은 대단한 명예이다." 라고 일본 위키사전에는 정의 되어 있다.

"송병준(宋秉畯)은 1억만 원, 이완용(李完用)은 3천만 원에 나라를 팔겠다고 했으며, 일황이 합방 때 3천만 원을 뿌리어 이 돈이 나라를 팔은 돈이라는데, 피고가 받은 돈 3만 원도 이 속에 드는 것이 아닌가?"

이 대화는 〈반민자 대공판기〉(제1집)에 나오는 기록으로 일왕으로부터 은사금 3만원을 받은 이기용에게 재판부가 물은 질문이다. 이러한 기록을 책으로 엮은이는 언론인 출신 김영진 씨로 그는 반민족행위자로 기소되어 재판에 회부된 피고인에 대한 재판관의 사실심리를 기록했다. 1949년의 일이다. 여기에는 피고인의 변명, 재판장의 분위기, 반민자의 체포 경위와 감방생활, 특위위원의 조사활동 등이 생생하게 드러나 있다.

한 대목을 더 보자.

재판관 : 피고와 달리 합방 당시 생명을 바치고 나라를 위하여
　　　　싸우고 감옥에 가고 해외에 망명한 지사들도 있는데
　　　　작위을 받고 돈을 받은 그 심경은 어떠한가?
이기용 : ... (이 때 이기용은 손을 비비며 고개를 숙인다.)
재판관 : 나라가 망하고 민족이 죽어 가는데 그대들은 평안히
　　　　살고 있으니 조금도 괴롭지 않았는가?
이기용 : 마음으로 대단히 괴로웠습니다.

참으로 유감스럽고 불행한 일이다. 이 시절의 은사금이란 대
개 일제의 "생색내기" 내지는 "조선인 꼬시기"에 쓰였음을
알 수 있다. 이석담 애국지사에게 은사금 제안이 들어 온 것도
같은 맥락의 일이었다. 《이석담 부인전》을 통해 당시 정황을
들어보자.

"그런데 이듬해 봄, 뜻밖에도 면장 유영희가 찾아와서 일본 황
제가 보내주는 은사금이 왔다고 하며 전달하려는 것이었다. 지
난해 가을에 이른바 합방조약으로 우리나라를 강점한 일본 제
국주의자들은 다시 허울 좋은 명목으로 우리나라 민심을 수습하
기 위하여 은사금을 주기로 하였는데 총독부에서는 각 지방 관
청에 지시하여 경향 각지의 효부, 효자, 열녀 등을 조사하여 보고
하였는데 마산면에서는 이석담 부인이 추천되었던 것이다."

은사금을 주어 민심을 수습하려는 의도도 의도지만 만일 총
독부의 은사금을 거부 했을 때의 응징 또한 염두에 두지 않을
수 없는 부분임에도 이석담 애국지사는 과감히 이를 거부했던
것이다. 비록 아녀자이긴 했지만 은사금을 못 받아 난리인 매
국노들의 행동과는 전혀 다른 길을 걸은 이석담 부인이 돋보이
는 것은 은사금의 정체를 일찍이 간파하고 그를 행동으로 거부
했다는 데 있다.

"이 돈은 대한(大韓)의 나라에서 주는 돈이 아니오. 일본에서 주는 것이오. 이런 돈을 문 안에 들인다면 어찌 시댁, 본가, 선조의 충렬과 도의에 누가 되지 않겠소. 칼 날 아래 엎어져 죽는 일이 있더라도 이 돈은 받을 수 없소" 과연 이석담 애국지사다운 말이었다.

그러나 여기에 물러날 일제가 아니다. 이석담 부인의 단호한 거절에 약이 오른 일본 헌병대장은 부하 몇 명을 데리고 곧바로 집을 찾아 와서 공갈, 협박을 하였으나 이 부인의 단호함은 조금도 꺾이지 않았다. 오히려 준엄하게 호통 치는 이석담 부인의 기세에 눌려 헌병대장은 물러갔다. 이러한 사실은 유학자 신석원(申錫元)에 의해 〈각금설(却金說)〉에 기록되어 후세에 전해지고 있다.

▲ 은사금으로 의료구호를 한다고 떠벌리는 기사(경성일보, 1932.9.25)

다시 살아난 수원의 잔 다르크
이선경

조국의 광복을 보지 못하고
홀로 죽어 간다는 것은
외롭고 쓸쓸한 일입니다

광복의 기쁜 소식을 듣지 못하고
홀로 눈을 감는다는 것은
외롭고 슬픈 일입니다

열아홉 값진 목숨
모진 고문으로 숨 거두어
쓸쓸히 떠났건만
오래도록 찾지 않은 그의 무덤
자취도 없이 사라진 지 91년 째

그의 의로움
그의 조국에 대한 열정
마침내 만천하에 드러나던
2012년 삼월 하늘가에서
수원의 잔 다르크 살며시
미소 짓습니다.

이선경 (李善卿, 1902. 5. 25 ~ 1921. 4. 21)

경기도 수원면 산루리 406번지(현 수원시 팔달구 중동)에서 태어나 삼일여학교를 졸업하였다. 독립운동가 이득수를 중심으로 한 독립단체 〈구국민단〉에서 구제부장(救濟部長)을 담당한 이선경 애국지사는 "한일합병을 반대하고 조선독립을 계획할 것과 독립운동으로 감옥에 들어간 가족을 구제" 하기 위해 이 단체에 가입하였다. 3·1 만세 운동 당시 김세환의 밑에서 연락임무를 담당하였고 조선의 독립을 목표로 한 구국민단을 박선태 등과 결성하여 비밀리에 활동하다 일제 경찰에 발각 체포되어 옥고를 치르던 중 혹독한 고문을 이기지 못하고 19살의 나이에 순국하였다.

이선경 애국지사는 집안이 수원에서 큰 부잣집이었던 덕에 일찍부터 수원 산루리에서 서울까지 통학을 하였다. 1918년 수원공립보통학교(현 신풍초등학교)를 졸업하고 1918년 4월 30일 서울의 숙명여학교에 진학하였다. 2학년 때인 1919년 3월 5일 서울에서 학생만세운동에 참가하였다가 구속되어 3월 20일 무죄 방면되었다. 이후 2학년 1학기를 마치고 1919년 9월 1일 경성여자고등보통학교(현 경기여고)로 전학했다.

경성여자고등보통학교에 전학한 이선경 애국지사는 2학년 성적과 3학년 성적만이 기재되어 있을 뿐 3학년 1학기에 퇴학당하고 만다. 그 까닭은 1920년 8월 구국민단 사건으로 체포되었기 때문이었다. 3·1운동 이후 이선경 애국지사는 임순남, 최문순과 함께 박선태, 이득수를 1920년 6월 7일 수원면 서호(西湖) 부근에서 만나 기존에 있던 '혈복단(血復團)'을 '구국민단(救國民團)'으로 개칭하는 논의에 참여하였다. 이후 6월 20일 구국민단의 조직을 개편하게 되었는데, 이에 단장 박선태, 부단장 이득수, 서무부장 임순남, 재무부장 최문순, 교제부장 차인재, 이선경 애국지사는 구제부장을 맡았다.

당시 구국민단은 2대 목표를 설정하였는데, 1. 한일합방에 반대하여 조선을 일본 제국 통치하에서 벗어나게 하여 독립국가를 조직할 것 2. 독립운동을 하다가 수감되어 있는 사람의 유족을 구조할 것을 목표로 1주일에 한 번씩 금요일마다 수원 읍내에 있는 삼일학교(현 매향여고)에서 동지들과 모임을 가졌다. 그러나 이들의 활동은 일본경찰에 발각되어 1920년 8월 박선태, 이득수, 임순남 등과 함께 이선경 애국지사도 붙잡히게 된다.

이선경 애국지사는 체포 뒤 심문과정에서 병고를 얻어 재판정에도 나올 수 없는 정도가 되었다. 재판부는 이선경 애국지사를 궐석 시킨 채 재판을 진행하였다. 그 결과 1921년 4월 박선태와 이득수는 징역 2년을 언도 받았고, 이선경 애국지사를 비롯한 여학생은 징역 1년, 집행유예 3년을 선고 받았다. 이에 이선경 애국지사는 구류 8개월만인 1921년 4월 12일 석방되었으나 구금되었을 때 일제경찰의 혹독한 고문으로 석방되어 집으로 옮겨지자마자 9일 뒤 19살의 나이로 4월 21일 순국하였다.

정부는 고인의 공훈을 기리어 2012년 3월 1일 건국포장 애국장을 추서하였다.

이선경 애국지사가
그간 알려지지 못한 까닭은?

유관순 열사가 1920년 10월 독립운동의 제단 위에 거룩하게
바쳐지고 난 지 6개월만인 1921년 4월 21일 이선경 열사가 꽃다
운 나이에 또 다시 순국을 하였다. 그러나 우리는 유관순 열사
의 이름을 알고 있지만, 수원이 낳은 이선경 열사에 대하여는
잘 모르고 살아왔다. 유관순 열사가 일제의 감옥에서 순국하
였고 이화학당 교사 미쓰 월터 선생이 시신을 받았다는 점에서
대외적으로 널리 알려질 수 있었던 상황이었던 것에 견주어, 이
선경 애국지사는 경기여고를 퇴학한 상태였고, 구류 8개월 만
에 석방되어 집에서 순국하였기 때문에 널리 알려지지 않았던
것 같다.

더욱이 함께 독립운동을 펼쳤던 인물들이 이에 대하여 구체
적인 증언과 문제의식을 가지고 대응하지 못한 점도 한 원인으
로 보인다. 더욱이 일본유학을 했던 언니 이현경이 사회주의 운
동을 펼쳤고, 일제의 검거를 피해 안광천과 중국으로 망명한
이후 귀국하지 않아 순국한 이선경을 조명할 수 있는 상황이
아니었다.

뿐만 아니라 이선경 애국지사의 남동생이 있었으나 누나 이
현경의 영향을 받아 일찍부터 사회주의적 성격으로 수원청년
동맹에서 핵심적인 역할을 하긴 했지만 해방이후 특별한 활동
을 보이지 않아 누나 이선경의 활동 상황을 전할 여건이 되지
못했다. 게다가 3·1운동 때 일제에 의해 감옥에서 순국한 사람

들에 비해 집에서 죽음을 맞이한 소녀에 대한 무관심도 이선경 애국지사가 조명되지 못한 한 원인이다.

한편 수원에서 3·1동지회 등이 조직되어 활동했지만 이선경의 의로운 죽음에 대하여 역시 폭넓은 조명은 하지 못했다. 이러한 과정에서 어렵사리 2012년 3월 1일 건국포장 애국장에 추서되어 그의 나라사랑 정신이 세상에 알려지게 되었으니 참으로 다행이다. 뚜렷한 역사적 궤적을 보여주는 순국열사 이선경 애국지사에 대하여 수원시는 이를 영원히 기억하고 그와 그 가족의 뜨거운 조국애를 널리 세상에 알려야 할 것이다.

⟨출처: 한동민(수원박물관 학예팀장) "수원의 여성독립운동가 이선경과 이현경 자매"⟩

조선총독 사이토를 처단하라
이신애

천마산 산마루에 높이 뜬달
만월대에 아름답게 비추고
선죽교 임 향한 일편단심 드높은 곳

개성 호수돈여학교의 아리따운 소녀
빼앗긴 나라의 운명에 목숨 걸었네

이토히로부미와 사이토마코토
처단하자는 강우규 동지 도와
여자의 몸으로 뛰어들어
구국 정신 드높인 기개

떠나신 자취도 없이
뛰는 심장 멈출 때까지
광복을 노래하던 임의 모습 그리며
삼월 하늘을 우러러보네.

이신애 (李信愛, 1891. 1. 20 ~ 미상)

문: 그대가 독립만세를 부른 것은 무슨 까닭인가?

답: 우리들은 독립만세를 부른다고 해서 독립이 되지는 않는다는 것은 알고 있었지만, 만세를 부르면 다수의 사람들이 부화뇌동하여 시위운동의 하나가 되어 독립이 될 것으로 생각하였다.

-1919년 11월 29일 경무총감부 이신애 애국지사 경찰서 조서 가운데-

이는 이신애 애국지사의 취조문 일부이다. 조선사람이 빼앗긴 나라를 되찾기 위해 독립만세 를 불렀기로소니 "왜 독립만세를 불렀느냐?"는 질문은 차라리 우문이다. 이신애 애국지사는 평북 귀성(龜城) 사람으로 1913년 개성 호수돈여학교(好壽敦女學校)를 졸업한 뒤 원산의 성경여학교(聖經女學校)를 거쳐 기독교 전도사가 되었다.

3·1독립운동 때 서울에서 만세시위에 적극 가담하였으며 1919년 9월 강우규가 조선 총독 사이토마코토(齋藤實)를 처단하기 위해 서울에 왔을 때에는 한기동과 함께 강우규를 수차에 걸쳐 방문하여 거사에 필요한 지원을 아끼지 않았다. 그리고 같은 해 10월 초순에는 한기동의 권유에 의해 대동단(大同團)에 가입하고, 이 단체가 주도한 독립만세시위의 〈독립선언서〉에 서명하는 등의 활동을 폈다.

전 조선민족의 대단결을 표방하고 1919년 3월 말 전협(全協)·최익환(崔益煥) 등이 결성한 대동단은 같은 해 10월 초순 본부를 상해로 이전할 계획 아래 의친왕(義親王)의 상해 망명과 독립만세시위를 추진했다. 3·1독립운동과 같은 대대적인 만세시위를 목적으로, 이들은 거사 내용과 방법도 3·1독립운동의 방식을 쫓

아 진행시켰는데, 이때 이신애 애국지사는 여성대표의 자격으로
〈독립선언서〉에 서명하는 한편 박정선·한일호 등 여성대표를
포섭했고 또 김상열·김익하 등 다수의 인사를 이 단체에 가입시
켰다.

이렇게 비밀리에 거사를 준비하던 중 의친왕(義親王)의 상해
망명이 왜경에 사전 탐지되어 11월 11일 의친왕 일행이 만주 안
동역(安東驛)에서 체포됨으로써 대동단의 조직은 대부분 파괴되
고 말았다. 이러한 상황에서 일제의 포위망을 피한 이신애 애국
지사는 뜻 있는 인사들과 함께 독립만세시위 계획을 강행·추진
해갔다. 그리하여 같은 해 11월 28일 정규식·박정선·나창헌 등 열
혈 인사들은 종로 안국동 광장에서 준비해 온 태극기와 독립선
언서를 뿌리며 독립만세를 드높게 외쳤다. 만세시위 직후 현장에
서 잡힌 이신애 애국지사는 징역 4년형을 언도받고 옥고를 치렀
다.

정부에서는 고인의 공훈을 기리어 1963년에 건국훈장 독립장
을 추서하였다.

광복군 뒷바라지한 만주의 어머니
정현숙

죽능골 어린 신부
봉숭아 물들이며 뛰어 놀던 앞마당 뒤로하고
붉은 꽃 가슴에 새기고 떠난 만주길

물설고 낯선 곳에 마음 둘 곳은
내동포 내형제 지키는 일 그것뿐이라

하루에도 열두 가마솥 뜨신 밥해서
광복군 주린 배 채우며 다독이던 몸

왜놈에 쫓기어 뿔뿔이 흩어진 가족
부평초처럼 떠돌던 임시정부시절
토교에 천막치고 거친 밥 먹을지언정
광복의 끈 놓은 적 없어
고이 키운 어린 딸 손잡고
함께 부른 광복의 노래

그 누가 있어
해주 오 씨 문중에 출중한
여장부 며느리 기억해줄까?

정현숙 (鄭賢淑, 정정산, 1900. 3. 13 ~ 1992. 8. 3)

"14살 어린 나이로 시집와서 남의 땅에다 농사를 지어먹고 살았으니 언제나 쪼들렸지요. 시아버님께서 포수 일을 하시면서 간간이 살림을 보태주셨어요. 나는 그때부터 일복을 타고 났다고나 할까? 농한기에도 다른 집일을 하며 살림을 꾸려나갔지요. 워낙 힘이 꿋꿋해서 여자지만 남자 이상의 일을 했습니다."

정현숙 애국지사는 1974년 한 주간지와의 대담에서 이렇게 과거를 회상했다. 경기도 용인 죽능골에서 태어나 남편 오광선 장군이 신흥무관학교에서 교관을 맡자 시아버지 오인수 의병장을 모시고 1919년 무렵 만주 유하현으로 떠났다. 이때부터 정현숙 애국지사는 조국광복을 찾아 만주로 몰려드는 독립운동가들 뒷바라지에 혼신을 다했으며 이로 인해 "만주의 어머니" 별명이 붙을 정도였다.

1935년까지 만주 길림성(吉林省) 일대에서 독립군 뒷바라지와 비밀 연락임무 등을 수행하다가 청산리 전투 이후 독립군이 크게 승리하자 일제의 간악한 보복공격으로 유랑생활이 시작되었다. 거듭되는 이사와 마적단의 습격, 견디기 힘든 혹한의 추위와 배고픔과 온갖 질병 속에서 버텨야하는 삶이 지속되었다. 남편 오광선 장군은 임시정부의 특수임무를 맡아 활약하다 왜경에 체포되어 가족들은 오래도록 그 생사를 알지 못한 채 지내야 했다.

"토교에서 정씨(정현숙 애국지사)는 홀로 삼남매를 키우느라 늘 궁색한 처지로 형편 필 날이 없었고 백범은 오광선의 가족들이 그렇게 고생하는 것을 안쓰럽게 생각하여 늘 관심을 가지고 지켜보았다.(중략) 영걸어머니(정현숙 애국지사)는 고생이 심했다. 내가 다른 이들보다 특히 열걸 어머니에 정을 쏟고 희영이나(큰따님) 희옥에게(작은 따님) 좀 더 잘해주려 한 것은 이런 이유에서 였다. 영걸어머니는 만주에서 농사 경험도 있고 몸도 건강해서 내 밭일을 많이 도와주었으며 나는 그 대신 그 집 삼남매의 옷가 지 손질이며 이부자리 등 주로 바느질일을 도왔다." 이 말은 정정 화 애국지사의 《장강일기》에 나오는 정현숙 애국지사에 대한 이야기다.

정현숙 애국지사는 그 어려움 속에서도 1935년 이후 중국 남경 에서 대한민국임시정부 요인들의 뒷바라지와 함께 1941년 한국 혁명여성동맹(韓國革命女性同盟)을 결성하여 맹활약을 하는 한 편, 1944년경 한국독립당(韓國獨立黨) 당원으로 조국의 독립을 위해 투쟁하다가 광복을 맞이하여 귀국하였다.

정부에서는 고인의 공훈을 기리어 1995년에 건국훈장 애족장 을 추서하였다.

*정현숙 애국지사의 두 따님도 독립운동가로 이들의 이야기는 항일여성 독립운동가를 기리는 시집 《서간도에 들꽃 피다》1권(79쪽), 2권(83쪽)에 도 다루었다.

3대 독립운동가 고향을 가다
정현숙 애국지사의 고향 용인 죽능골을 찾아서

푸른솔겨레문화연구소장 김영조

수원 조원동 13평 복지아파트를 찾은 날은 6월 1일로 한낮 기온 28도까지 올라 무더운 날씨였다. 이날 답사에는 오희옥 애국지사와 시로 읽는 여성독립운동가 20인 ≪서간도에 들꽃피다≫를 펴낸 이윤옥 민족시인과 민족정신을 구현하는 수원일보 이화련 선임기자가 함께했다.

오희옥(吳姬玉, 1926. 5. 7~) 애국지사는 경기도 용인 출신 독립운동가 오광선(吳光鮮)의 둘째 따님으로 87살의 나이가 믿기지 않을 정도로 정정한 모습이었다. 오 애국지사는 무려 5시간이 넘도록 독립운동의 산실인 용인 원삼면과 즉능면 일대를 둘러보고 오는 길 내내 한 치의 흐트러짐이 없는 모습을 보였다. 경기도 용인시 원삼면과 화산면 일대는 오희옥 애국지사의 외가와 친가가 있는 곳으로 할아버지 오인수 의병장과 아버지 오광선 등 3대의 의병운동과 독립운동을 기리는 〈의병장 해주 오공인수 3대 독립항쟁 기적비〉가 세워져 있어 오씨 문중의 쟁쟁한 독립운동의 함성을 들을 수 있는 곳이다.

죽능면 출신인 할아버지 오인수 의병장 (1867-1935)은 18살부터 사냥을 시작해 용인·안성·여주 일대에서는 그의 솜씨를 따를 자가 없을 만큼 명포수로 이름을 날렸다. 1905년 일제가 을사조약을 강제 체결하자 의병활동에 뛰어들었다가 일진회 송종헌의 밀고로 8년형의 징역형을 받고 서대문 형무소에서 복역한 뒤 1920년 겨울 만주 통화현 합리화 신흥무관학교에서 독립군을 양성하던 아들 오광선을 찾아 망명하여 독립운동을 지속했다.

▲ 국군이 창설되면서 당시 최고 계급인 대령에 임명된 직후의 오광선 장군(왼쪽), 하루 가마솥으로 12번 밥을 지어 독립군을 먹여 살렸던 정현숙 애국지사

아버지 오광선 장군 (1896-1967)은 이청천(李靑天) 장군과 함께 만주에서 서로군정서(西路軍政署) 제1대대 중대장으로 활약하는 한편, 신흥무관학교에서 교관으로 광복군을 양성하면서 대한독립군단(大韓獨立軍團)의 중대장으로 맹활약을 하였다. 또한, 어머니 정현숙 (일명, 정정산, 1900-1992) 역시 중국땅에서 독립군의 뒷바라지와 비밀 연락임무를 수행했으며, 1944년에는 한국독립당(韓國獨立黨) 당원으로 조국의 독립을 위해 투쟁한 분이다. 그런가 하면 언니 오희영 (吳熙英, 1924-1969)과 형부 신송식은 민족혁명당원으로서 조선의용대(朝鮮義勇隊)와 한국광복군 총사령부 참모처 제1과에 소속되어 광복군 참령(參領)으로 복무한 애국지사이다. '1905년 을사늑약' 이후 국권회복의 일념을 품고 의병항쟁 활동을 한 할아버지 오

인수 의병장을 비롯하여 아버지 오광선 장군, 어머니 정현숙은 물론 형부 신송식과 언니 오희영 그리고 한국광복진선청년공작대원으로 활약한 오희옥 애국지사까지 해주 오씨 집안의 3대에 걸친 광복운동은 대한민국 광복의 역사와 함께 길이 기억해야 할 집안임을 새삼 느꼈다.

답사를 하면서 안타까운 마음이 든 것은 독립운동의 산실이었던 생가의 운명이었다. 먼저 화산면 요산골에 있는 다 쓰러져가는 오희옥 여사의 친정어머니 정현숙 애국지사의 집을 찾았다. 다 무너져가는 집도 집이려니와 이마저도 오희옥 여사의 안내가 없었으면 도저히 찾기 어려운 일이었다. 적어도 집 앞에 정현숙 애국지사의 집임을 알리는 안내판이라도 있었으면 하는 아쉬움이 있었다.

그뿐만 아니라 원산면 느리재 죽능골에 있던 할아버지 오인수 의병장의 생가는 헐려 버린 채 지금은 외지인의 전원주택 주차장으로 쓰고 있는 모습을 보니 그 처연함이 이루 말할 데 없었다. 별로 알려지지 않은 예술가들도 지자체의 돈으로 생가를 복원하여 화려한 팻말을 세워두는 판에 온몸을 던져 독립운동을 한 이들의 생가는 돌보는 이 없이 쓰러지기 직전이거나 헐려나가 버리고 작은 팻말 하나 없는 현실은 독립운동가에 대한 우리의 현주소를 보는 듯하여 가슴이 아팠다.

역사가 신채호 선생은 "자신의 나라를 사랑하려면 역사를 읽으라"고 했건만 독립운동가의 역사를 말해주는 생가 터는 방치되고 외면된 채 외지인들에게 팔려나가 그들의 고기 굽는 정원이 되거나 주차장이 되어 있는 상황이니 의병장 할아버지와 부모님이 살던 마을을 둘러보는 노구의 애국지사 마음은 어떠하였을까?

▲ 오광선 장군의 생가 터는 헐린 채 지금은 전원주택의 주차장으로 쓰이고 있다.
ⓒ김영조

할아버지와 아버지가 살던 집 헐려 안타까워
〈현장 대담〉 오희옥 애국지사

▲ 대담하는 오희옥 애국지사　ⓒ김영조

- 의병장 할아버지 고향에 와서 느낀 점은?

"아주 오랜만에 와보니 더욱 감개가 무량하다. 나와 언니 그리고 남동생은 모두 중국에서 태어났지만 할아버지와 아버지가 사시던 원삼면 죽능리와 어머니 생가가 있는 화산면 요산골에 오면 언제나 감회가 새롭다. 지금은 나이가 들어서 혼자 와보기도 어려운데 이렇게 와보니 마음의 고향을 찾은 것 같아 기쁘다. 다만, 할아버지와 아버지가 사시던 집이 그 흔적조차 없어져 안타까울 뿐이다."

- 아버지 오광선 장군에 대한 추억은?

"7살 정도로 기억하는데 그때 아버지는 신흥무관학교 교관이었고 나와 언니는 집 근처 학교를 다녔다. 하루는 학교에서 일본 책을 나눠 주었는데 아버지가 보시고는 '안 되겠다. 일본 글을 배워서는 안 된다.' 라고 하시며 책을 내다 버리라고 한 적이 있다. 그때 아버지는 학교에서 숙식을 하셨고 가끔 집에 들르셨는데 집안에도 들어오지 않으시고 밖에서 잠시 어머니만 뵙고 가신 기억이 난다. 이후로도 아버지는 가족과 떨어져 독립운동을 하시느라 어린 우리는 아버지가 돌아가신 줄만 알았다. 천진에서 아버지와 함께 지낸 2년을 제외하고는 아버지와 만나지 못한 채 해방 후에 뵐 수 있었다. 그때 아버지는 가족과 떨어져 독립운동을 하다가 신의주 감옥에 갇히는 등 온갖 고초를 당하셨다고 한다."

- 어머니 정현숙 애국지사는 어떤 분이셨나?

"어머니는 쌀 한 가마니를 번쩍들 정도로 체격이 우람하고 힘이 센 여장부였다. 가족들이 처음에 도착한 만주 길림성 액목현에서 어머니는 억척스럽게 황무지를 개간하여 논밭을 일구었고 농사도 잘 지었다. 여기서 나온 쌀로 커다란 가마솥에 하루 12번씩 밥을 해내어 독립군 뒷바라지를 해냈다. 당시 어머니의 밥을 안 먹은 독립군이 없을 정도로 어머니는 독립군 뒷바라지에 열과 성을 다했다. 그러나 백범 김구 선생이 아버지를 안중근과 윤봉길 의사처럼 특수임무를 맡겨 북경으로 부르는 바람에 그만 아버지와 식구들이 헤어지게 되었다. 이후 10여 년이 넘도록 아버지를 만나지 못했고 임시정부 피난길을 따라 이동하면서 신한촌이라 불리는 토교에 살 때는 생활고가 극에 달했다. 어머니는 삼 남매를 키우려고 남의 집 빨래와 허드렛일을 마다치 않았고 돼지를 키워 우리를 학교에 보낼 만큼 억척스럽게 일하셨다."

– 언니 오희영 애국지사와 함께한 독립운동 기억은?

"1939년 유주(柳州)에서 언니와 나는 한국진선청년공작대에 가입하여 활동하였다. 이 단체는 중국과 합작하여 일본놈이 저지른 참상을 연극으로 백성에게 알리는 일이었다. 또한, 거리 선전공작과 연설을 하였으며 극장에서는 무용이나 연극 등을 통해 민족의식을 고취시켰다. 언니는 명랑하고 쾌활한 성격이었는데 남자처럼 활달했으며 이후 광복군에 입대하였고 이후 1944년 한국독립당에 들어가 김학규 지사가 지대장인 제3지대에서 여성대원으로 훈련을 받았다."

– 연세가 높으신데 요즘 건강은?

"고혈압, 골다공증, 관절, 역류성위염 등으로 하루에 약을 8~9개씩 먹고 지낸다. 하지만, 날마다 아파트 단지를 산책하면서 건강을 위해 노력하고 있다. 또한, 시간이 날 때마다 아파트 단지 안에 있는 서예교실에 나가서 이웃들과 붓글씨를 쓰면서 마음의 평온을 찾는다."

의병장 할아버지와 부모님의 고향을 둘러보러 나섰던 날의 오희옥 애국지사 모습은 비교적 건강 해보였다. 용인지역을 둘러보고 수원의 열세 평 복지 아파트에 다시 모셔다 드리고 나오는 길 담 모퉁이에 핀 붉은 장미가 환하게 미소 짓는 가운데 3층 베란다에서 오 애국지사는 주차장으로 향하는 기자를 향해 언제까지나 손을 흔들고 있었다.

(이 글은 진보와 정론의 인터넷신문 대자보에 2012년 6월 5일치에 실린 글입니다)

임시정부의 한 떨기 꽃
조계림

쫓기는 남의 땅 산하에 차린 정부
어느 한날 편했을까
내동포 내조국 지켜달라 각국에 호소하며
밤새 뜬눈으로 쓴 편지 태산이요
남몰래 흘린 눈물 장강을 채웠으리

할아버지 아버지 뒤를 이은
독립의 가시밭길
곡예사의 아찔한 순간 어찌 없었으랴

사사로운 욕심 걷고
섬광으로 만난 한줄기 빛 찾아
지친 영혼 가슴 가슴마다
가득 채운이여

그대 임정(臨政)의
한 떨기 아름다운 꽃이여!

조계림 (趙桂林 1925. 10. 10 ~ 1965. 7. 14)

광복을 1년 앞둔 1944년 7월 5일 중국 중경(重慶)에 있는 대한민국 임시정부 외부교(부장 조소앙) 앞으로 중경주재(重慶駐在) 체코슬로바키아 대사가 다음과 같은 한 통의 편지를 보내온다.

"부장 각하!
저는 1944년 6월 26일자의 각하의 서한을 감사히 받았음을 알려드리는 영광을 먼저 전합니다. 동시에 각하의 요구를 받아들여 각하가 보내온 성명서와 각서 모두를 외무부를 통하여 저희 정부에 전달한 것을 기쁘게 생각합니다. 저는 부장각하에게 이 기회에 체코슬로바키아 정부는 체코슬로바키아 국민과 더불어 가장 성실한 동정을 한국의 해방과 독립을 위해각하가 쏟는 노력과 투쟁에 대하여 보내는 것을 확신하는 바입니다. 우리들의 적을 격멸할 날이 가까워 오는 것은 동시에 각하의 수난과 고귀한 국민들의 해방을 가져오는 것임은 의심할 나위도 없습니다. 그날이 곧 오기를 저는 빕니다. 부디 부장 각하께서는 저의 최상의 존경의 표시를 받아 주시기 바랍니다."

대한민국 임시정부가 걸어온 길이 얼마나 큰 수난의 가시밭길이었는지 푸른 눈의 체코슬로바키아 대사 편지에서도 절절이 느껴진다. 이러한 어려운 시기에 임시정부의 외무부 직원으로 대내외 일을 맡아서 헌신한 여성이 있다. 조계림 애국지사가 그 분이다.

조계림 애국지사는 경기도 개성(開城)에서 태어나 1940년대 전반기 중국 중경의 대한민국 임시정부 외무부 총무과원으로 근무하면서 독립운동을 전개하였다. 조계림 애국지사는 임시정부 외무부장이던 조소앙(趙素昂) 애국지사의 딸로서, 아버지의 활동을 보좌하는 한편 1943년 4월 2일 개최된 임시정부 국무회의에서 외무부 과원으로 선임되어 임시정부에서 활동하였다.

그는 또한 1940년 5월 중경(重慶)에서 한국국민당(韓國國民黨)·재건한국독립당(再建韓國獨立黨)·조선혁명당(朝鮮革命黨) 등 3당이 통합하여 결성된 한국독립당(韓國獨立黨)에 가입하여 여성 당원으로 독립운동의 맨 앞에서 활약하였다.

정부에서는 고인의 공훈을 기리어 1996년에 건국훈장 애족장을 추서하였다.

대한민국 국호는 조계현 아버님
조소앙 선생의 작품

"대한민국이라는 국호를 처음 사용한 것은 임시정부였다.
1919년 4월 10일 중국 상하이 조계지 내 허름한 셋집에서 임시
정부의 첫 의정원(국회)이 열렸다. 이날 가장나라 이름으로 하
자고 제안했으며, 표결을 통해 대한민국이 채택됐다. 하지만 독
립운동가이자 임시의정원 의장을 지낸 조소앙선생은 대한민국
이라고 이름을 붙인 사람은 자신이라고 밝혔다. 이완범 한국학
중앙연구원(한중연) 교수는 "조소앙의 '자전'(自傳)과 '회
고'(回顧)에 따르면 '나는 의정원의 창립자로, 10조헌장(임시
헌장)의 기초자로, 대한민국의 명명론자로, 위원제의 주창자'
였다고 주장했다" 고 소개했다." (연합뉴스 2012.8.1)

조소앙(趙素昻, 본명 용은 '鏞殷', 1887.4.10 ~ 1958.9.) 애국지
사는 아버지 조정규와 어머니 박필양 사이에서 7남매 중 2남
으로 태어나 6살부터 정삼품 통정대부이던 할아버지 조성룡의
문하에서 수학하였다. 1902년 성균관에 최연소자로 입학하였
으며, 공부하던 중 역신 이하영 등의 매국음모를 막기 위하여
신채호 등과 제휴하여 성토문을 만들어 성균관 학생들을 일으
켜 항의 규탄하였다.

1904년 성균관을 수료하고 7월에 황실유학생에 뽑혀 일본으
로 건너가 도쿄부립제일중학교(東京府立第一中學校)에 입학
하였다. 1905년 을사조약이 체결되자 도쿄 유학생들과 같이 우
에노(上野)공원에서 7충신 추모대회와 매국적신 및 일진회의
매국행각 규탄대회를 열어 일제를 꾸짖었다. 그해 12월에는 도

교부립제일중학교 가츠우라(勝浦炳雄) 교장이 일제의 한국침략의 필연성을 말하자 이를 곧바로 반박하여 퇴학처분을 받을 만큼 옳고 그름을 분명히 하였다.

조국이 일제에 강탈당하자 항일운동의 발판을 마련하고자 1913년 북경을 거쳐 상해로 망명한 뒤 신규식·박은식·홍명희 등과 동제사(同濟社)를 개편하여 박달학원(博達學院)을 세워 청년 혁명가들을 길렀으며 이는 중국에서의 항일독립운동을 위한 발판이 되었다.

1919년 3·1만세운동 직후에 조소앙 애국지사는 국내에서 조직된 조선민국임시정부의 교통무경에 추대되었으며 같은 해 4월 상해에서 임시정부를 수립할 때 앞장서서 참여하였다. 임정 출범의 법적 뒷받침이 된 '임시헌장'과 '임시의정원법'의 기초위원으로 실무 작업을 담당하여 민주공화제 임정수립의 산파역 중의 한사람으로서 임무를 다하였다.

1945년 8·15 광복을 맞아 12월 조소앙 애국지사는 임시정부 대변인으로 한국독립당 부위원장으로 환국하였는데, 환국 당시에는 대한민국 건국강령에 따라 건국운동을 계획하였다. 임시정부요인들은 이러한 스스로의 정치적 포부를 실현하기 위해 전력을 다하였으나 뜻하지 않게 국토는 남북으로 갈리게 되었고 남한만의 단독선거에 의한 정부가 들어서자 대한민국을 임시정부의 정통성을 계승한 정부로 인정하고 '사회당'을 결성하고 위원장에 뽑혔다.

이 사회당의 기본노선은 결당대회 선언서에서 밝힌 바와 같이 "대한민국의 자주독립과 남북통일을 완성하고 정치·경제·교육상 완전 평등한 균등사회 건설에 앞장선다." 하는 것으로 먼저 대한민국 체제 내에서 삼균주의 이념(정치·경제·교육상 완전 평등한 균등)을 실천하려는데 있었다. 그러나 6·25전쟁으로 서울에서 강제납북 되어 자신의 뜻을 펼치지 못한 채 북한에서 임종을 맞이하였는데 1958년 9월 조소앙애국지사는 임종에 즈음하여 "삼균주의 노선의 계승자도 보지 못하고 갈 것 같아 못내 아쉽다. 독립과 통일의 제단에 나를 바쳤다고 후세에 전해다오" 라는 말을 남겼다고 한다.

조소앙 애국지사는 우리 겨레의 역사와 문화에 관련된 저술 활동에도 심혈을 기울였는데 민족문화의 독창성과 우수함을 강조하여 독립정신을 고취시키고자 쓴 책으로는 《발해경(渤海經, 1922)》, 《화랑열전(花郞列傳, 1933)》, 《대성원효전(大聖元曉傳, 1933)》, 《이순신귀선지연구(李舜臣龜船之硏究, 1934)》 등이 있다.

정부에서는 그의 공훈을 기리어 1989년에 건국훈장 대한민국장을 수여하였다.

조계림 애국지사 집안의 독립운동가는 누구?

할아버지 함안 조 씨 조정규 선생과 6남매 독립 운동이야기

함안 조 씨 가문은 시조 조정(趙鼎)이 왕건(王建)을 도와 고려통일에 큰 공을 세운 개국벽상공신(開國壁上功臣)이었다. 여말선초에 두문동 72현 중에 고죽제(孤竹齊) 안경(安卿)과 덕곡(德谷) 승숙(承肅) 두 분이 있다. 조선조 생육신인 어계(漁溪)

여(旅), 또한 임란과 호란 등을 당했을 때 수천(壽千) 등 함안 조씨 13충(忠)이 있다.

조정규선생은 조계림 애국지사의 할아버지로 정3품 통정대부(通政大夫) 조성룡의 외아들로 학덕을 겸비한 신망이 높은 유생이었다. 그의 장남 용하(鏞夏, 1977 독립장), 차남 소앙(1989 대한민국장), 3남 용주(鏞周, 1991 애국장), 4남 용한(鏞漢, 1990 애국장), 딸 용제(鏞濟, 1990 애족장), 5남 용진(鏞晋), 6남 시원(1963 독립장) 등은 자랑스러운 독립운동가들이다.

그뿐만 아니라 손자 시제(時濟, 1990 애국장, 조소앙의 2남), 인제(仁濟, 1963 독립장, 조소앙의 3남), 손녀 계림(桂林,1996 애족장, 조소앙의 따님), 손녀 순옥(順玉, 1990 애국장, 조시원의 장녀, 안춘생 전 독립기념관장의 부인), 자부 이순승(李順承, 1990 애족장, 조시원의 부인) 등 5명을 합하여 일가족 11명을 독립운동가로 육성하고 그 자신 역시 독립운동에 투신한 보기 드문 '독립유공자 집안' 이다.

〈조용하 : 1882.3.3~1937.3.3〉

아버지 조소앙의 큰형으로 조계림 애국지사에게는 큰 아버지이다. 재미(在美) 생활 20여 년간 넥타이 한 개만을 사용 할 정도로 검소했던 조용하 애국지사는 1901년 대한제국의 주독(駐獨), 주불(駐佛) 공사관 참사관을 역임하고 귀국하여 이천 군수 등을 지내다가, 1905년 을사늑약이 강제로 체결되자 북경으로 망명하여 항일활동을 하였다. 1913년 도미(渡美)하여 박용만과 같이 하와이에서 조선독립단(朝鮮獨立團 Korean Independence League)을 조직하였으며, 1920년 7월 하와이 지방총회에서 지단장에 선출되어 기관지 "태평양시사"를 발행하는 등 활동하였다. 그는 또한 친동생인 상해임시정부 외무총장 조소앙과 긴밀한 연락을 유지하며 외교 및 홍보활동을 전개하였다. 1932년 4월 그는 조소앙으로부터 중한동맹회(中韓同盟會) 조직의 선언서와 입회용지를 받고 하와이에 있던 동지를 권유하여 가입시켰으며, 임시정부와 끈을 갖고 독립운동을 계속하였다. 같은 해 10월에는 보다 본격적인 활동을 위하여 미국 기선 프레지던트 후우버호를 타고 상해로 가던 도중 일본 고베(神戶)에 기항하였다가 이 정보를 입수한 일경에게 체포되었다. 1933년 1월 서울로 압송된 그는 1933년 4월 1일 경성지방법원에서 징역 2년 6월형을 받고 옥고를 치렀다. 출옥 뒤 옥고의 여독으로 1937년 3월에 서거하였다.

정부에서는 고인의 공훈을 기리기 위하여 1977년에 건국훈장 독립장을 추서하였다.

〈조소앙 : 1887.4.10~1958.9.〉

조계림 애국지사의 아버지로 위 〈더보기〉 참조

〈조용주 : 1891.8.24~1937.12.9〉

아버지 조소앙의 동생으로 조계림 애국지사에게는 작은 아버지이다. 1913년에 중국으로 망명하여 친형인 조소앙과 힘을 합쳐 상해에서 일대동당(亞細亞民族反日大同黨)을 결성하여 항일투쟁을 펼치고 1916년에는 상해에서 대동당(大同黨)의 결성을 이끌었다. 1917년의 대동단결선언(大同團結宣言) 때에도 조소앙의 활동을 도왔다. 그리고 3·1독립운동이 일어나자 길림 있던 그는 〈대한독립선언서(大韓獨立宣言書)〉의 작성에 참여하였고, 다시 상해로 넘어가 대한민국임시정부의 임시헌장(臨時憲章)을 기초하기도 하였다. 한편 같은 해 5월에 조소앙이 국제무대에서의 외교활동을 위해 유럽으로 떠나기에 앞서 그는 4

월 말경에 외교활동에 대한 지원단체를 조직하기 위해 국내로 들어와 대한민국청년외교단(大韓民國靑年外交團)을 조직하였다. 1919년 5월에 서울에서 결성된 대한민국청년외교단은 독립정신의 보급 및 선전과 아울러 세계 각국에 외교원을 파견하여 독립 실현을 보장받는데 목표를 둔 단체로서 국내 곳곳 그리고 나라밖 상해에 지부를 만들고 조소앙의 외교활동에 대한 지원 및 선전활동을 폈다. 이때 조용주는 동단의 외교원으로 뽑혀 활약하는 한편 대한민국청년외교단의 자매단체인 부인회(大朝鮮獨立愛國婦人會)를 혈성단애국부인회(血誠團愛國婦人會)와 통합하여 대한민국애국부인회(大韓民國愛國婦人會)로 발전·개편하는데 앞장섰다. 이후 그는 상해와 국내를 왕래하며 대한민국청년외교단의 활동을 지도하다가 1919년 11월말 동단의 발각으로 잡혀 징역 3년형을 언도받았다.

정부에서는 고인의 공훈을 기리어 1991년에 건국훈장 애국장(1963년 대통령표창)을 추서하였다.

〈조용한 : 1894.10.4~1935.11.25〉

아버지 조소앙의 동생으로 조계림 애국지사에게는 작은 아버지이다. 1920년 음력 12월 20일 무렵 김홍제·오인영과 함께 독립군자금을 모집한 뒤 중국 상해로 망명하여 대한민국임시정부에 참여하고 독립운동에 헌신할 것을 다짐하였다. 그리하여 그는 완구용 권총 한 자루를 구입한 다음 중국 동삼성(東三省) 소재 서로군정서(西路軍政署) 명의의 인장을 조각하여 군자금 영수증서를 작성하고 수원·안성·진위의 부자들로부터 군자금을 모집하려고 오인영을 방문하러 가던 중 왜경에게 잡혔다. 1921년 5월 5일 경성지방법원 수원지청에서 소위 정치범죄처벌령 위반 및 강도예비 등으로 유죄판결을 받고 같은 해 6월 6일 경성복심법원에서 징역 3년형을 언도받아 옥고를 치렀다. 1928

년 5월 중국 상해로 건너가 대한민국임시정부 외교총장인 친형 조소앙과 함께 독립운동을 하였다.

정부에서는 고인의 공훈을 기리어 1990년에 건국훈장 애국장을 추서하였다.

〈조용제 : 1898.9.14~1948.3.10〉

아버지 조소앙 선생의 여동생으로 조계림 애국지사에게는 고모이다. 1929년 중국 상해로 오빠인 조소앙(趙素昻)·조시원(趙時元) 등 일가와 함께 망명하여 항일운동에 참가하였다. 1935년 9월 5일 조소앙이 한국독립당(韓國獨立黨)을 재건하기 위해 활동할 때 이에 참여하여 창당작업을 뒷받침했다. 1940년 6월 17일 한국혁명여성동맹(韓國革命女性同盟) 창립요원으로 참여하여 한국 여성에게 민족혁명정신을 드높이는 등의 활동을 하는 한편 같은 해 5월에는 한국독립당의 창립위원이 되어 활동하였다. 1941년 한국독립당의 중경(重慶) 강북구당(江北區黨) 요원으로 대한민국임시정부를 지지하며 독립운동을 하였고 1943년 2월 중국 중경에서 한국애국부인회의 재건요인으로 뽑혀 전체 부녀자들의 각성과 단결을 촉구하며 여성의 독립운동을 이끌었다.

정부에서는 고인의 공훈을 기리어 1990년에 건국훈장 애족장을 추서하였다.

〈조시원 : 1904.10.23~1982.7.18〉

아버지 조소앙 선생의 동생으로 조계림 애국지사에게는 작은 아버지이다. 1928년 상해에서 한인청년동맹 상해지부 집행위원회 정치·문화부 및 선전조직부 간부로 활동하였으며, 1930년에는 한국광복진선(韓國光復陣線)을 결성하였다. 1935년에는 조소앙·홍 진 등과 함께 월간잡지 『진광(震光)』을 펴내 항일의식을 높였다. 1939년 10월 3일에는 임시의정원 경기도 의원에 뽑혀 광복 때까지 의정활동에 참여하여 항일활동에 몸을 바쳤다. 1940년 5월에는 3당 통합 운동에 적극 참여하여 한국독립당을 창당하여 그 중앙집행위원에 뽑혔다. 1940년 9월 17일에 한국광복군이 창설됨에 따라 광복군 총사령부 부관으로 임명되었으며 총사령부가 중경(重慶)에서 서안(西安)으로 옮겨감에 따라 서안으로 가서 부관처장 대리로 일했다. 또한 임시정부 선전위원회의 위원을 겸직하기도 하였다. 1941년에는 전시하에 급격히 필요한 간부를 많이 길러내기 위하여 일정한 기간 교육훈련을 하는 군사교육기관인 중국 중앙전시간부훈련 제4단 특과총대학원대 한청반(中央戰時幹部訓練 第四團 特科總大學員 隊韓靑班)에서 안일청·한유한·송호성 등과 함께 군사 교관으로서 전술, 역사, 정신교육을 담당하며 민족정신 앙양에 온힘을 쏟았다. 1943년에는 광복군 총사령부 군법 실장(軍法室長)에 뽑혀 항일 활동을 펼쳤으며, 광복군 정령(正領)으로 일했다.

정부에서는 고인의 공훈을 기리기 위하여 1963년에 건국훈장 독립장을 추서하였다.

〈조시제 : 1913.5.1~1947.3.20〉

아버지 조소앙의 동생으로 조계림 애국지사에게는 작은 아버지이다. 1930년에 한국독립당(韓國獨立黨) 계열의 화랑사(花郞社)에 가입하였다. 1932년 1월 25일 중국 상해 불조계(佛祖界) 망지로(忘志路)에서 이덕주·김덕근 등 9인이 모여 상해 한인청년당(韓人靑年黨)을 만들고 서무부장에 뽑혀 활동하다가 1932년 4월 14일에 그만 두었다. 1933년 3월 1일에는 상해 한인소년동맹원(韓人少年同盟員)으로 3·1독립운동 기념 및 동년 8월 29

일 국치기념일을 맞이하여 항일 격문을 인쇄하여 배포하는 등의 활동을 하였다. 1940년 12월에 년공작대(韓國光復陣線青年工作隊)에 가입하여 항일사상을 드높이는 활동을 하였다. 1941년에는 중경임시정부(重慶臨時政府)의 황학수·이준식·노복선 등과 함께 군사특파단원이 되어 서안(西安)에 파견되어 활동하였다. 같은 해 12월 27일에 중경임시정부 국무회의에서 외교부원으로 뽑혀 활동하였으며 1943년 3월에는 한국독립당(韓國獨立黨)에 가입하였다. 1945년 임시정부의 특명으로 만주에 파견되어 임무수행 중에 조선독립동맹(朝鮮獨立同盟) 김창만에게 안동(安東)에서 암살당했다.

정부에서는 고인의 공훈을 기리어 1990년에 건국훈장 애국장(1986년 건국포장)을 추서하였다.

함평천지의 딸 상해애국부인회 대표
최혜순

함평천지 비옥한 땅 등지고
부평초처럼 떠나는 마음

등 굽은 어머니의 마른기침 소리
뒤로 하고 낯선 땅 상해에서
애국부인회 이끌어
눈물로 부른 독립의 노래

마흔여덟 든든한 동지 남편
항쩌우에서 끝내 숨져
악비묘에 묻던 날

찌는 무더위는 모시적삼 적시고
아직 광복의 서막은 비치지 않았어라

엄마 품에 안겨 우는
어린 두 딸 품에 안고
검은 파도치는 바다 헤쳐
돌아온 조국

아직 동트지 않은 땅에서
다시 시작한 광복의 노래
목 터져라 불렀을 임이시여!

최혜순 (崔惠淳, 1900. 9. 2 ~ 1976. 1. 16)

간호사 출신으로 일찍부터 상해에서 조선의 독립을 위해 활동했다. 특히 대한민국 임시정부 국무위원인 김철 애국지사와 결혼하여 남편과 함께 상해지역의 독립운동가들과 교류하며 여성운동가로써 뛰어난 활약을 펼쳤다.

1931년 9월 대한민국임시정부에서는 만주사변에 대한 대책을 협의하기 위하여 상해에 있는 조선인각단체대표회의를 소집하였다. 이때 최혜순 애국지사는 애국부인회 대표 자격으로 참여하였다. 이 회의에서 중국을 후원하고 일제를 무찔러 조선독립을 이룰 목적으로 이른바 상해한인각단체연합회를 결성하기로 하고 임원을 뽑았는데 이때 회계책임자로 뽑혔다. 같은 해 12월 제23회 임시의정원에서 전라도 의원으로 뽑혀 1933년 2월까지 활동하였다.

최혜순 애국지사는 1933년 상해한인애국부인회의 집사장(執事長)으로 3·1운동기념일 등에 관한 인쇄물을 작성하고 배포하는 일을 이끌었다. 그러나 남편인 김철 애국지사가 1934년 5월 4일 상해에서 급성폐렴으로 쓰러져 항주 소재 광자병원에서 치료받던 중 1934년 6월 29일 48살의 나이로 숨을 거두는 슬픔을 맛보아야 했다. 장례는 대한민국심시정부장으로 치러졌으며 임정 요인들의 애도 속에 항주 악비묘 뒷산의 공동묘지에 안장되었다. 그러나 훗날 이 곳에 아파트가 들어서는 바람에 김철 애국지사 묘는 행방이 묘연해지게 되었으니 참으로 애석한 일이다.

남편의 사망 뒤 3년 정도 상해에 머물던 최혜순 애국지사는 1937년 어린 두 딸을 데리고 인천으로 귀국하였다. 그러나 최 애국지사를 기다리는 것은 조선총독부고등계형사였다. 그들은 최

애국지사를 인천 유치장에 상당기간 감금하였다가 풀어줬으나 광복 때까지 악랄한 고등계형사의 감시를 받아야만 했다.

정부는 고인의 공훈을 기려 2010년에 건국훈장 애족장을 추서하였다.

전라남도 함평(咸平) 사람으로 1917년 상해로 건너가 법률학을 전공하였으며, 1919년 2월 상해 신한청년당 대표로 선우 혁, 서병호 등과 함께 독립운동을 위해서 국내에 파견되었다. 1919년 3월1일 독립운동이 일어나자 선우혁, 서병호,현 순,최창식 등 신한청년당을 중심으로 한 30여 명과 같이 상해, 불란서조계 보창로(寶昌路) 329호 건물에 대한독립임시사무소를 설치하였다. 1919년 4월 10일 제1회 임시의정원회의에서 그는 한남수, 장병준 등과 같이 전라도 의원에 당선되었고, 같은 달 제2회 회의에서는 임정 재무위원 겸 법무위원이 되었다. 8월 5일에는 임시정부 교통차장에 임명되었는데 총장 문창범이 취임치 않아 총장대리까지 같이 했다.

국내 조사원이기도 했던 그는 동시에 신한청년당 부주무(副主務)로서 기관지 「신한청년」을 발간, 독립정신을 드높였으며 대한적십자회의 상의원(常議員)도 지냈다. 1920년 1월에 그는 상해에서 김구, 손정도, 김순애 등과 같이 의용단(義勇團)을 발기, 독립운동에 박차를 가하였다. 그가 참여한 의용단이 하던 일은 10가지로서 다음과 같다.

첫째, 포고문 살포와 선전으로 국민에게 적개심을 일으키게 한다. 둘째, 정부를 도와 재정업무를 뒷받침한다. 셋째, 국민에게 개병, 개납주의를 드높인다. 넷째, 왜(倭) 총독부에 소속된 관리를 물러나게 한다. 다섯째, 적의 관청에 세금을 내지 않도록 한다. 여섯째, 일본돈 은 되도록 쓰지 않도록 한다. 일곱째, 군사상의 실제방법을 도모한다. 여덟째, 임정의 공보와 기관지를 전달케 한다. 아홉째, 이 단체와 주의가 같은 다른 단체를 상호협화(協和) 원조한다. 열째, 정부의 명령이나 지휘가 있을 때와 광복운동을 위하여 필요하다고 인정할 때는 따라올 것 등이었다.

1920년 3월에 선전위원회가 만들어지자 그는 동 위원장 안창호를 도와 동지 정인과(鄭仁果), 손두환, 이유필 등과 같이 선전업무를 했다. 그는 국내와 해외 동포사회에 대하여 임시정부가 하는 일을 폭넓게 알리고 국내외 동포로 하여금 임시정부에 물심양면으로의 협조(군자금 등)를 요청하는 일에 온 힘을 쏟았다. 1922년 7월에는 시사책진회(時事策進會) 회원으로 임시의정원과 국민대표회의간의 갈등을 없애는데 정성을 쏟았다.

1924년 5월에는 임시정부 국무원회계검사원 검사장(國務院會計檢查院檢查長)에 임명되었다. 1925년에는 신한청년당 이사로, 1926년 12월에는 임시정부 국무원이 되어 활동하였으며, 1930년에는 군무장(軍務長)으로, 1931년 10월에는 안창호와 함께 교민단(僑民團) 심판(審判)이 되어 상해교민의 복지향상에 온 힘을 쏟았다.

1931년 11월에는 중국인과의 공동항일전선을 형성하여 중국항일대동맹(中國抗日大同盟)을 조직하고 조소앙과 중국인 오징천(伍澄千), 서천방(徐天放) 등과 함께 상무위원으로 활약하였다. 1932년 1월 상해 대한교민단(大韓僑民團)의 정치위원으로 뽑혔고, 11월 24일에 국무위원이 되자 의정원의원직을 물러났다.

1932년 말 일시 일영사관 경찰에 체포되었으나 불란서 당국의 항의로 곧 풀려났다. 1933년 3월에는 임정 국무위원직을 물러나고 7월 임시의정원 의원에 다시 뽑혀 의원자격심사위원으로 신도(新到)의원의 자격을 심사하였다.

1934년에 다시 국무위원에 뽑혔고 재무장의 일을 맡았다. 그리고 국무원비서장(國務院秘書長)에 뽑혀 임정 이동에 따라 곳곳을 옮겨가면서 오로지 조국광복을 위하여 온 힘을 기울였다. 국무위원이기도 했던 그는 한국독립당의 14명 이사 가운데 한사람으로 활약하기도 하였다. 1934년 6월 29일 항주(杭州) 소재 광자병원(廣慈病院)에서 병을 얻어 세상을 떴고, 이시영, 조완구, 송병조, 양기탁 등 임정요인들의 애도 속에 악비묘(岳飛廟) 뒤 묘지에 안장되었다.

정부에서는 고인의 공훈을 기리기 위하여 1962년에 건국훈장 독립장을 추서하였다

▲ 전남 함평군에 있는 재현한 상해 임시정부청사

함평 상해임시정부청사와
이병술 화백

"본인은 호남가의 첫머리에 나오는 함평천지(함평天地) 함평 읍내에 살고 있으며 《서간도에 들꽃 피다》의 애독자입니다. 함평은 지난 2008년 세계나비곤충 엑스포가 개최된 곳이며 나비의 고장으로 알려진 고을입니다. 우연히 KBS라디오를 청취하다가 시로 읽는 여성독립운동가 20명에 대한 시집이 있다는 것을 알았습니다.(중략) 함평에는 상해임시정부청사를그대로 재현한 곳이 있습니다. 전시실 1,2,3층이 있으며 함평출신 독립운동가 김철 선생(임시정부 국무위원) 동상이 있고 하얼빈에서 제작한 안중근 의사 동상도 있습니다. (후략)"

전남 함평에 사시는 서양화가 이병술 화백님을 알게 된 것은 필자의 항일여성독립운동가를 기리는 시집을 통해서였다. 이 화백님은 열악한 상황에서 이 책을 쓰고 있다는 필자의 방송 대담을 듣고 필자에게 긴 편지를 보내와 용기를 북돋아 주신 분이다.

아침에 떠오르는 태양, 저녁에는 달과 별 그리고 산과 나무와 구름과 꽃과 새들을 사랑하는 마음으로 34년의 공직생활을 마치고 15년 간 화폭을 벗 삼아 뜻있는 노후를 보내고 계시는 이 화백님의 안내로 함평의 상해임시정부재현 청사를 찾은 것은 2012년 5월 4일 화창한 봄날이었다.

호남의 대표적인 애국지사인 일강 김철 선생을 기리기 위해 함평군에서는 1975년 8월 전남 함평군 신광면 구봉산 기슭에 숭모비를 세웠다. 이어 1984년 6월 서거 50주기가 되던 해에는 기념비를 세웠고 이어서 함평군 신광면 함정리 546-2번지 일대에 사당, 동상, 기념관, 수양관, 관리사 등을 갖춘 "일강 김철 선생 기념관"을 2003년 6월에 완공하여 함평 출신 독립운동가의 나라사랑 정신을 기리는 성지가 되고 있다. 또한 기념관과 이웃해서 상해임시정부청사를 그대로 재현하여 당시 구국의 일념으로 독립운동에 몸 바쳤던 애국지사들의 활동을 멀리 상해까지 가지 않고도 체험 할 수 있게 해놓아 학생들은 물론이고 함평나비축제를 찾는 사람들이 필수코스로 찾는 명소가 되고 있다.

〈이달의 독립운동가〉

연도	1월	2월	3월	4월	5월	6월	7월	8월	9월	10월	11월	12월
1992년	김상옥	편강렬	손병희	윤봉길	이상룡	지청천	이상재	서 일	신규식	이봉창	이회영	나석주
1993년	최익현	조만식	황병길	노백린	조명하	윤세주	나 철	**남자현**	이인영	이장녕	정인보	오동진
1994년	이원록	임병찬	한용운	양기탁	신팔균	백정기	이 준	양세봉	안 무	조성환	김학규	남궁억
1995년	김지섭	최팔용	이종일	민필호	이진무	장진홍	전수용	김 구	차이석	이강년	이진룡	조병세
1996년	송종익	신채호	신석구	서재필	신익희	유일한	김하락	박상진	홍 진	정인승	전명운	정이형
1997년	노응규	양기하	박준승	송병조	김창숙	**김순애**	김영란	박승환	이남규	김약연	정태진	남정각
1998년	신언준	민긍호	백용성	황병학	김인전	이원대	**김마리아**	안희제	장도빈	홍범도	신돌석	이윤재
1999년	이의준	송계백	**유관순**	박은식	이범석	이은찬	주시경	김홍일	양우조	안중근	강우규	김동식
2000년	유인석	노태준	김병조	이동녕	양진여	이종건	김한종	홍범식	오성술	이범윤	장태수	김규식
2001년	기삼연	윤세복	이승훈	유 림	안규홍	나창헌	김승학	**정정화**	심 훈	근	민영환	이재명
2002년	곽재기	한 훈	이필주	김 혁	송학선	민종식	안재홍	남상덕	고이허	고광순	신 숙	장건상
2003년	김 호	김중건	유여대	이시영	문일평	김경천	채기중	**권기옥**	김태원	기산도	오강표	최양옥
2004년	허 위	김병로	오세창	이 강	**이애라**	문양목	권인규	홍학순	최재형	조시원	장지연	오의선
2005년	**최용신**	최석순	김복한	이동휘	한성수	김동삼	채응언	안창호	조소앙	김좌진	황 현	이상설
2006년	유자명	이승희	신홍식	엄항섭	**박차정**	곽종석	강진원	박 열	현익철	김 철	송병선	이명하
2007년	임치정	(서례)	권동진	손정도	**조신성**	이위종	구춘선	정환직	박시창	권득수	주기철	윤동주
2008년	양한묵	문태수	장인환	김성숙	박재혁	김원식	안공근	유동열	**윤희순**	유동하	남상목	박동완
2009년	우재룡	김도연	홍병기	윤기섭	양근환	윤병구	**박자혜**	박찬익	이종희	안명근	장석천	계봉우
2010년	방한민	김상덕	차희식	염온동	**오광심**	김익상	이광민	이중언	권 준	최현배	심남일	백일규
2011년	신현구	강기동	이종훈	조완구	**어윤희**	조병준	홍 언	이범진	나태섭	김규식	문석봉	김종진
2012년	이 갑	김석진	홍원식	김대지	**지복영**	김법린	여 준	이만도	김동수	이희승	이석용	현정권
2013년	이민화											

※ 밑줄 그은 굵은 글씨는 여성
※ 국가보훈처가 1992년부터 해마다 12명 이상을 월별로 선정한 것을 지은이가 정리함

〈부록 2〉 여성 서훈자 223명 독립운동가 (2012년 8월 15일 현재)

이름	한자	태어난날	숨진날	유공자 인정받은날	훈격	독립운동계열
강원신	康元信	1887년	1977년	1995	애족장	미주방면
강주룡	姜周龍	1901년	1932.6.13	2007	애족장	국내항일
강혜원	康蕙園	1885.12.21	1982.5.31	1995	애국장	미주방면
고수복	高壽福	(1911년)	1933.7.28	2010	애족장	국내항일
고수선	高守善	1898.8.8	1989.8.11	1990	애족장	임시정부
고순례	高順禮	1930:19세	미상	1995	건국포장	학생운동
공백순	孔佰順	1919.2.4	1998.10.27	1998	건국포장	미주방면
★곽낙원	郭樂園	1859.2.26	1939.4.26	1992	애국장	중국방면
곽희주	郭喜主	1902.10.2	미상	2012	대통령표창	학생운동
구순화	具順和	1896.7.10	1989.7.31	1990	애족장	3.1운동
★권기옥	權基玉	1901.1.11	1988.4.19	1977	독립장	중국방면
권애라	權愛羅	1897.2.2	1973.9.26	1990	애국장	3.1운동
김경희	金慶喜	1919:31세	1919.9.19	1995	애국장	국내항일
김공순	金恭順	1901.8.5	1988.2.4	1995	대통령표창	3.1운동
김귀남	金貴南	1904.11.17	1990.1.13	1995	대통령표창	학생운동
김귀선	金貴先	1923.12.19	2005.1.26	1993	건국포장	학생운동
김금연	金錦연	1911.8.16	2000.11.4	1995	건국포장	학생운동
김나열	金羅烈	1907.4.16	모름	2012	대통령표창	학생운동
김나현	金羅賢	1902.3.23	1989.5.11	2005	대통령표창	3.1운동
김덕순	金德順	1901.8.8	1984.6.9	2008	대통령표창	3.1운동
김독실	金篤實	1897.9.24	모름	2007	대통령표창	3.1운동
★김두석	金斗石	1915.11.17	2004.1.7	1990	애족장	문화운동
★김락	金洛	1863.1.21	1929.2.12	2001	애족장	3.1운동
김마리아	金마利亞	1903.9.5	모름	1990	애국장	만주방면
★김마리아	金瑪利亞	1892.6.18	1944.3.13	1962	독립장	국내항일
김반수	金班守	1904.9.19	2001.12.22	1992	대통령표창	3.1운동
김봉식	金鳳植	1915.10.9	1969.4.23	1990	애족장	광복군
김성일	金聖日	1898.2.17	(1961년)	2010	대통령표창	3.1운동
김숙경	金淑卿	1886.6.20	1930.7.27	1995	애족장	만주방면
김숙영	金淑英	1920.5.22	2005.12.13	1990	애족장	광복군
김순도	金順道	1921:21세	1928년	1995	애족장	중국방면
★김순애	金淳愛	1889.5.12	1976.5.17	1977	독립장	임시정부
김신희	金信熙	1899.4.16	1993.4.23	2010	대통령표창	3.1운동

여성 서훈자 명단

이름	한자	태어난날	숨진날	유공자 인정받은날	훈격	독립운동계열
김씨	金氏	1899년	1919.4.15	1991	애족장	3.1운동
김씨	金氏		1919.4.15	1991	애족장	3.1운동
김안순	金安淳	1900.3.24	1979.4.4	2011	대통령표창	3.1운동
김알렉산드라	金알렉산드라	1885.2.22	1918.9.16	2009	애국장	노령방면
김애련	金愛蓮	1902.8.30	1996.11.5	1992	대통령표창	3.1운동
김영순	金英順	1892.12.17	1986.3.17	1990	애족장	국내항일
김옥련	金玉連	1907.9.2	2005.9.4	2003	건국포장	국내항일
김옥선	金玉仙	1923.12.7	1996.4.25	1995	애족장	광복군
김옥실	金玉實	1906.11.18	1926.6.2	2012	대통령표창	학생운동
김온순	金溫順	1898	1968.1.31	1990	애족장	만주방면
김원경	金元慶	1898	1981.11.23	1963	대통령표창	임시정부
김윤경	金允經	1911.6.23	1945.10.10	1990	애족장	임시정부
김응수	金應守	1901.1.21	1979.8.18	1995	대통령표창	3.1운동
김인애	金仁愛	1898.3.6	1970.11.20	2009	대통령표창	3.1운동
★김점순	金点順	1861.4.28	1941.4.30	1995	대통령표창	국내항일
김정숙	金貞淑	1916.1.25	2012.7.4	1990	애국장	광복군
김정옥	金貞玉	1920.5.2	1997.6.7	1995	애족장	광복군
김조이	金祚伊	1904.7.5	미상	2008	건국포장	국내항일
김종진	金鍾振	1903.1.13	1962.3.11	2001	애족장	3.1운동
김치현	金致鉉	1897.10.10	1942.10.9	2002	애족장	국내항일
김태복	金泰福	1886년	1933.11.24	2010	건국포장	국내항일
김필수	金必壽	1905.4.21	(1972.11.23)	2010	애족장	국내항일
★김향화	金香花	1897.7.16	미상	2009	대통령표창	3.1운동
김현경	金賢敬	1897.6.20	1986.8.15	1998	건국포장	3.1운동
김효숙	金孝淑	1915.2.11	2003.3.24	1990	애국장	광복군
나은주	羅恩周	1890.2.17	1978.1.4	1990	애족장	3.1운동
★남자현	南慈賢	1872.12.7	1933.8.22	1962	대통령장	만주방면
노순경	盧順敬	1902.11.10	1979.3.5	1995	대통령표창	3.1운동
노영재	盧英哉	1895.7.10	1991.11.10	1990	애국장	중국방면
★동풍신	董豊信	1904	1921	1991	애국장	3.1운동
문복금	文卜今	1905.12.13	1937.5.22	1993	건국포장	학생운동
문응순	文應淳	1900.12.4	미상	2010	건국포장	3.1운동
문재민	文載敏	1903.7.14	1925.12.	1998	애족장	3.1운동
민영숙	閔泳淑	1920.12.27	1989.03.17	1990	애국장	광복군
민영주	閔泳珠	1923.8.15	생존	1990	애국장	광복군
민옥금	閔玉錦	1905.9.5	1988.12.25	1990	애족장	3.1운동

여성 서훈자 명단

이름	한자	태어난날	숨진날	유공자 인정받은날	훈격	독립운동계열
박계남	朴繼男	1910. 4.25	1980.4.27	1993	건국포장	학생운동
박금녀	朴金女	1926.10.21	1992.7.28	1990	애족장	광복군
박기은	朴基恩	1925. 6.15	생존	1990	애족장	광복군
박복술	朴福述	1903.8.30	미상	2012	대통령표창	학생운동
박신애	朴信愛	1889. 6.21	1979.4.27	1997	애족장	미주방면
박신원	朴信元	1872년	1946.5.21	1997	건국포장	만주방면
박애순	朴愛順	1896.12.23	1969.6.12	1990	애족장	3.1운동
박옥련	朴玉連	1914.12.12	2004.11.21	1990	애족장	학생운동
박우말례	朴又末禮	1902. 3.13	1986.12.7	2011	대통령표창	3.1운동
박원경	林源炅	1901.8.19	1983.8.5	2008	애족장	3.1운동
박원희	朴元熙	1898.3.10	1928.1.5	2000	애족장	국내항일
박음전	朴陰田	1907.4.14	미상	2012	대통령표창	학생운동
박자선	朴慈善	1880.10.27	미상	2010	애족장	3.1운동
★박자혜	朴慈惠	1895.12.11	1944.10.16	1990	애족장	국내항일
박재복	朴在福	1918.1.28	1998.7.18	2006	애족장	국내항일
★박차정	朴次貞	1910. 5. 7	1944.5.27	1995	독립장	중국방면
박치은	朴致恩	1886. 6.17	1954.12.4	1990	애족장	국내항일
박현숙	朴賢淑	1896	1980.12.31	1990	애국장	국내항일
박현숙	朴賢淑	1914.3.28	1981.1.23	1990	애족장	학생운동
★방순희	方順熙	1904.1.30	1979.5.4	1963	독립장	임시정부
백신영	白信永	미상	미상	1990	애족장	국내항일
백옥순	白玉順	1911. 7. 3	2008.5.24	1990	애족장	광복군
부덕량	夫德良	1911.11.5	1939.10.4	2005	건국포장	국내항일
★부춘화	夫春花	1908.4.6	1995.2.24	2003	건국포장	국내항일
송미령	宋美齡			1966	대한민국장	임시정부지원
송영집	宋永潗	1910.4.1	1984.5.14	1990	애국장	광복군
송정헌	宋靜軒	1919.1.28	2010.3.22	1990	애족장	중국방면
신경애	申敬愛	1907.9.22	1964.5.13	2008	건국포장	국내항일
신관빈	申寬彬	1885.10.4	미상	2011	애족장	3.1운동
신분금	申分今	1886.5.21	미상	2007	대통령표창	3.1운동
신순호	申順浩	1922.1.22	2009.7.30	1990	애국장	광복군
신의경	辛義敬	1898.2.21	1997.8.11	1990	애족장	국내항일
신정균	申貞均	1899년	1931.7월	2007	건국포장	국내항일
신정숙	申貞淑	1910.5.12	1997.7.8	1990	애국장	광복군
신정완	申貞婉	1917.3.6	2001.4.29	1990	애국장	임시정부
심계월	沈桂月	1916.1.6	미상	2010	애족장	국내항일

여성 서훈자 명단

이름	한자	태어난날	숨진날	유공자 인정받은날	훈격	독립운동계열
심순의	沈順義	1903.11.13		1992	대통령표창	3.1운동
심영식	沈永植	1896.7.15	1983.11.7	1990	애족장	3.1운동
심영신	沈永信	1882.7.20	1975.2.16	1997	애국장	미주방면
★안경신	安敬信	1877	미상	1962	독립장	만주방면
안애자	安愛慈	(1869년)	미상	2006	애족장	국내항일
안영희	安英姬	1925.1.4	1999.8.27	1990	애국장	광복군
안정석	安貞錫	1883.9.13	미상	1990	애족장	국내항일
양방매	梁芳梅	1890.8.18	1986.11.15	2005	건국포장	의병
양진실	梁眞實	1875년	1924.5월	2012	애족장	국내항일
★어윤희	魚允姬	1880.6.20	1961.11.18	1995	애족장	3.1운동
엄기선	嚴基善	1929.1.21	2002.12.9	1993	건국포장	중국방면
★연미당	延薇堂	1908.7.15	1981.1.1	1990	애국장	중국방면
★오광심	吳光心	1910.3.15	1976.4.7	1977	독립장	광복군
오신도	吳信道	(1857년)	(1933.9.5)	2006	애족장	국내항일
오정화	吳貞嬅	1899.1.25	1974.11.1	2001	대통령표창	3.1운동
오항선	吳恒善	1910.10.3	2006.8.5	1990	애국장	만주방면
★오희영	吳姬英	1924.4.23	1969.2.17	1990	애족장	광복군
★오희옥	吳姬玉	1926.5.7	생존	1990	애족장	중국방면
옥운경	玉雲瓊	1904.6.24	미상	2010	대통령표창	3.1운동
왕경애	王敬愛	(1863년)	미상	2006	대통령표창	3.1운동
유관순	柳寬順			1962	독립장	3.1운동
유순희	劉順姬	1926.7.15	생존	1995	애족장	광복군
유예도	柳禮道	1896.8.15	1989.3.25	1990	애족장	3.1운동
유인경	俞仁卿	1896.10.20	1944.3.2	1990	애족장	국내항일
윤경열	尹敬烈	1918.2.28	1980.2.7	1982	대통령표창	광복군
윤선녀	尹仙女	1911.4.18	1994.12.6	1990	애족장	국내항일
윤악이	尹岳伊	1897.4.17	1962.2.26	2007	대통령표창	3.1운동
윤천녀	尹天女	1908.5.29	1967.6.25	1990	애족장	학생운동
윤형숙	尹亨淑	1900.9.13	1950.9.28	2004	건국포장	3.1운동
★윤희순	尹熙順	1860	1935.8.1	1990	애족장	의병
★이광춘	李光春	1914.9.8	2010.4.12	1996	건국포장	학생운동
이국영	李國英	1921.1.25	1956.2.2	1990	애족장	임시정부
이금복	李今福	1912.11.8	2010.4.25	2008	대통령표창	국내항일
이남순	李南順	1904.12.30	미상	2012	대통령표창	학생운동
이명시	李明施	1902.2.2	1974.7.7	2010	대통령표창	3.1운동
이벽도	李碧桃	1903.10.14	미상	2010	대통령표창	3.1운동

여성 서훈자 명단

이름	한자	태어난날	숨진날	유공자 인정받은날	훈격	독립운동계열
★이병희	李丙禧	1918.1.14	2012.8.2	1996	애족장	국내항일
이살눔	李살눔	1886.8.7	1948.8.13	1992	대통령표창	3.1운동
이석담	李石潭	1859	1930.5.26	1991	애족장	국내항일
이선경	李善卿	1902.5.25	1921.4.21	2012	애국장	국내항일
이성완	李誠完	1900.12.10	미상	1990	애족장	국내항일
이소선	李小先	1900.9.9	미상	2008	대통령표창	3.1운동
이소제	李少悌	1875.11.7	1919.4.1	1991	애국장	3.1운동
이순승	李順承	1902.11.12	1994.1.15	1990	애족장	중국방면
이신애	李信愛	1891	1982.9.27	1963	독립장	국내항일
이아수	李娥洙	1898.7.16	1968.9.11	2005	대통령표창	3.1운동
★이애라	李愛羅	1894	1922.9.4	1962	독립장	만주방면
이옥진	李玉珍	1923.10.18		1968	대통령표창	광복군
이의순	李義橓	미상	1945.5.8	1995	애국장	중국방면
이인순	李仁橓	1893년	1919.11월	1995	애족장	만주방면
이정숙	李貞淑	1898	1950.7.22	1990	애족장	국내항일
이혜경	李惠卿	1889	1968.2.10	1990	애족장	국내항일
이혜련	李惠鍊	1884.4.21	1969.4.21	2008	애족장	미주방면
이혜수	李惠受	1891.1.2	1961.2.7	1990	애국장	의열투쟁
이화숙	李華淑	1893년	1978년	1995	애족장	임시정부
이효덕	李孝德	1895.1.24	1978.9.15	1992	대통령표창	3.1운동
★이효정	李孝貞	1913.7.18	2010.8.14	2006	건국포장	국내항일
이희경	李희경	1894.1.8	1947.6.26	2002	건국포장	미주방면
임봉선	林鳳善	1897.10.10	1923.2.10	1990	애족장	3.1운동
임소녀	林少女	1908.9.24	1971.7.9	1990	애족장	광복군
장경례	張慶禮	1913.4.6	1998.2.19	1990	애족장	학생운동
장경숙	張京淑	1903.5.13		1990	애족장	광복군
장매성	張梅性	1911	1993.12.14	1990	애족장	학생운동
장선희	張善禧	1894.2.19	1970.8.28	1990	애족장	국내항일
전수산	田壽山	1894.5.23	1969.6.19	2002	건국포장	미주방면
★전월순	全月順	1923.2.6	2009.5.25	1990	애족장	광복군
전창신	全昌信	1900.1.24	1985.3.15	1992	대통령표창	3.1운동
전흥순	田興順			1963	대통령표창	광복군
정막래	丁莫來	1899.9.8	1976.12.24음	2008	대통령표창	3.1운동
정영	鄭瑛	1922.10.11	2009.5.24	1990	애족장	중국방면
정영순	鄭英淳	1921.9.15	2002.12.9	1990	애족장	광복군
★정정화	鄭靖和	1900.8.3	1991.11.2	1990	애족장	중국방면

여성 서훈자 명단

이름	한자	태어난날	숨진날	유공자 인정받은날	훈격	독립운동계열
정찬성	鄭燦成	1886.4.23	1951.7.	1995	애족장	국내항일
정현숙	鄭賢淑	1900.3.13	1992.8.3	1995	애족장	중국방면
조계림	趙桂林	1925.10.10	1965.7.14	1996	애족장	임시정부
★조마리아	趙마리아	미상	1927.7.15	2008	애족장	중국방면
조순옥	趙順玉	1923.9.17	1973.4.23	1990	애국장	광복군
★조신성	趙信聖	1873	1953.5.5	1991	애국장	국내항일
조애실	趙愛實	1920.11.17	1998.1.7	1990	애족장	국내항일
조옥희	曺玉姬	1901.3.15	1971.11.30	2003	대통령표창	3.1운동
조용제	趙鏞濟	1898.9.14	1948.3.10	1990	애족장	중국방면
조인애	曺仁愛	1883.11.6	1961.8.1	1992	대통령표창	3.1운동
조충성	曺忠誠	1896.5.29	1981.10.25	2005	대통령표창	3.1운동
조화벽	趙和璧	1895.10.17	1975.9.3	1990	애족장	3.1운동
주세죽	朱世竹	1899.6.7	(1950년)	2007	애족장	국내항일
주순이	朱順伊	1900.6.17	1975.4.5	2009	대통령표창	국내항일
주유금	朱有今	1905.5.6	미상	2012	대통령표창	학생운동
지복영	池復榮	1920.4.11	2007.4.18	1990	애국장	광복군
진신애	陳信愛	1900.7.3	1930.2.23	1990	애족장	3.1운동
차경신	車敬信			1993	애국장	만주방면
★차미리사	車美理士	1880.8.21	1955.6.1	2002	애족장	국내항일
채애요라	蔡愛堯羅	1897.11.9	1978.12.17	2008	대통령표창	3.1운동
최갑순	崔甲順	1898.5.11	1990.11.22	1990	애족장	국내항일
최금봉	崔錦鳳	1896.5.6	1983.11.7	1990	애국장	국내항일
최봉선	崔鳳善	1904.8.10	1996.3.8	1992	애족장	국내항일
최서경	崔曙卿	1902.3.20	1955.7.16	1995	애족장	임시정부
최선화	崔善嬅	1911.6.20	2003.4.19	1991	애국장	임시정부
최수향	崔秀香	1903.1.27	1984.7.25	1990	애족장	3.1운동
최순덕	崔順德	1920;23세	1926.8.25	1995	애족장	국내항일
최예근	崔禮根	1924.8.17	2011.10.5	1990	애족장	만주방면
최요한나	崔堯漢羅	1900.8.3	1950.8.6	1999	대통령표창	3.1운동
★최용신	崔容信	1909.8.	1935.1.23	1995	애족장	국내항일
★최은희	崔恩喜	1904.11.21	1984.8.17	1992	애족장	3.1운동
최이옥	崔伊玉	1926.6.16	1990.7.12	1990	애족장	광복군
최정숙	崔貞淑	1902.2.10	1977.2.22	1993	대통령표창	3.1운동
최정철	崔貞徹	1853.6.26	1919.4.1	1995	애국장	3.1운동
최형록	崔亨祿	1895.2.20	1968.2.18	1996	애족장	임시정부
최혜순	崔惠淳	1900.9.2	1976.1.16	2010	애족장	임시정부

여성 서훈자 명단

이름	한자	태어난날	숨진날	유공자 인정받은날	훈격	독립운동계열
★하란사	河蘭史	1875년	1919.4.10	1995	애족장	국내항일
하영자	河永子	1903.6.27	1993.10.1	1996	대통령표창	3.1운동
한영신	韓永信	1887.7.22	1969.2.20	1995	애족장	국내항일
한영애	韓永愛	1920.9.9	미상	1990	애족장	광복군
한이순	韓二順	1906.11.14	1980.1.31	1990	애족장	3.1운동
함연춘	咸鍊春	1901.4.8	1974.5.25	2010	대통령표창	3.1운동
홍씨	韓鳳周 妻	미상	1919.3.3	2002	애국장	3.1운동
홍애시덕	洪愛施德	1892.3.20	1975.10.8	1990	애족장	국내항일
황보옥	黃寶玉	(1872년)	미상	2012	대통령표창	국내항일
★황애시덕	黃愛施德	1892.4.19	1971.8.24	1990	애국장	국내항일

* 이 표는 국가보훈처 공훈전자사료관의 독립유공자 자료를 참고로 글쓴이가 정리한 것임.
* ★ 표시는 《서간도에 들꽃 피다》〈1〉〈2〉권에서 다룬 인물임

〈참고자료〉

【책】

『권애라와 김시현』권광욱, 도서출판 해돋이, 2012.6

『근대 기생의 문화와 예술』자료편, 손종흠, 박경우, 유춘동, 보고사, 2009

『기전 80년사』전주기전여자고등학교, 1982

『김철:영원한 대한민국임시정부 요인』윤선자, 역사공간, 2010

『다시 찾는 우리 역사』한영우, 경세원, 2003

『대한민국독립유공인물록』국가보훈처, 2002

『동래학원100년사』학교법인 동래학원, 1995년 2월 28일

『미주 한인이민 100년사』김창범, 코람데오, 2004』부산직할시사편찬 위원회, 제1권, 1989

『백범일지』백범 김구 자서전 / 김구 저 ; 도진순 주해 ,돌베개, 2003

『3.1여성』사단법인3.1여성동지회, 2006.4

『수피아100년사』광주수피아여자고등학교, 2008

『음성군독립운동사』박종대, 한아름, 2002

『일제침략하 한국36년사』국사편찬위원회, 1978

『李石潭夫人傳』申羲澈 編, 保景文化社 , 1994

『인물여성사』한국편, 박석분, 박은봉 공저, 새날, 1994

『장강일기』정정화, 서울 학민사, 1998

『祖國을 찾기까지, 韓國女性活動秘話』上, 中, 下, 崔恩喜 編著, 探求 堂, 1974

『조소앙이 꿈꾼 세계』김기승, 지영사, 2003

『趙素昻과 三均主義 연구』洪善憙, 한길사, 1982

『충남의 독립운동가. 1-2』충청남도, 충청남도역사문화연구원, 2011

『한국여성독립운동사』3.1여성동지회 문화부 편, 3.1여성동지회, 1980

『韓國近代思想家選集 6: 趙素昻』강만길, 한길사, 1982

『한국 개화여성 열전』최은희, 조선일보사, 1991

『한국 근대 여성사』상, 중, 하 최은희, 조선일보사, 1991

『한국독립사』김승학, 독립문화사, 1965

『한국여성항일운동사연구』박용옥, 지식산업사, 1996
『한국독립운동지혈사』박은식 지음, 김도형 옮김, 서울 소명출판,
2008
『한국 민족주의의 이념과 실태』차기벽, 도서출판 까치, 1978
『항일투사열전 1,2』추경화, 도서출판 청학사, 1995

【인터넷】

공훈전자사료관 http://e-gonghun.mpva.go.kr
국사편찬위원회 한국사데이터베이스, http://db.history.go.kr
디지털음성문화대전 http://eumseong.grandculture.net
디지털용인문화대전 http://yongin.grandculture.net
한국역대인물종합시스템, http://people.aks.ac.kr
민족문제연구소 http://www.minjok.or.kr

【논문과 잡지】

〈미주지역 항일여성독립운동〉박용옥, 3·1 여성. 제17호 (2006), 3·1여
성동지회
〈1920년대 민족주의 여성운동의 흐름〉이배용, 殉國. 109(2000.2), 殉
國先烈遺族會
〈3·1운동에서의 여성 역할〉朴容玉, 아시아문화. 제15호 (2000. 11),
翰林大學校아시아文化硏究所
〈3·1 운동기 여성과 항일구국운동〉박용옥, 殉國. 98('99.3) , 殉國先
烈遺族會
〈수원역사문화연구〉한동민, 수원의 여성 독립운동가 이선경과 이현경,
수원박물관, 2011. 1호
〈안동 권씨 종보〉제 105호 2007.9.1
〈일강 김철선생의 생애와 독립운동〉윤선자, 현대사회문화연구소 통권
282호 (2006.10)

〈일강 김철(一江 金澈)의 생애와 독립운동〉 윤선자, 殉國, 대한민국순
국선열유족회 통권 189호(2006.10)
〈일제강점기 여성 간호인의 독립운동에 관한 연구〉 이진화, 이화여자대
학교 대학원 2008, 석사학위 논문
〈일제시대의 두 간호단체에 관한 고찰 : 조선간호부회의 간호수준 향상
노력과 조선간호부협회의 사회 활동〉 이꽃메, 간호행정학회지. 제6권
제3호 (2000. 11)
〈일제시대 우리나라 간호제도에 관한 보건사적 연구〉 이꽃메, 서울대대
학원, 박사학위논문 1999
〈일제시기 여성인물사연구의 성과와 과제〉 박용옥, 한국인물사연구. 제
1호 (2004. 3)
〈藝壇一百人〉을 통해 본 1910년대 기생집단의 성격 / 오현화, 語文論
集. 제49집 (2004. 4), 민족어문학회
〈용인지역 3·1운동의 전개와 특성〉 2004.3.1 용인항일독립운동기념사
업회
〈주간여성 1974〉 광복군따라 대륙유랑 30년 정정산 여사
〈중국 상해 대한애국부인회와 여성독립운동〉 이배용, 3·1 여성. 제17호
(2006) 3·1여성동지회
〈청해 박현숙 선생(1896-1980)의 생애와 항일구국운동〉 박용옥, 3·1
여성. 제17호 (2006), 3·1여성동지회
〈한국여성광복군〉 오희영재조명항일독립운동기념사업회, 2007
〈韓國女性의 民族運動에 관한 硏究 : 3·1運動을 中心으로〉 丁堯燮,
亞細亞女性硏究. 10('71.12) 숙명여자대학교 아세아여성문제연구소
〈한신광(韓晨光) : 한국 근대의 산파이자 간호부로서의 삶 〉 이꽃메,
醫史學 : 大韓醫史學會誌. 제15권 제1호 통권 제28호 (2006. 6), 大韓
醫史學會

이윤옥 시인의 야심작
친일문학인 풍자 시집
〈사쿠라 불나방〉 1권

"영욕에 초연하여 그윽이 뜰 앞을 보니
꽃은 피었다 지고
머무름에 얽매이지 않는다

맑은 창공 밝은 달 아래
마음껏 날아다닐 수 있어도
불나비는 유독 촛불만 좇고
맑은 물 푸른 숲에 먹을 것 가득하건만
수리는 유난히도 썩은 쥐를 즐긴다
아! 세상에 불나비와 수리 아닌 자
그 얼마나 될 것인고?

- '사쿠라불나방' 머리말 가운데 -

이 시집에는 모두 20명의 문학인이 나온다. 이들을 고른 기준은 2002년 8월 14일 민족문학작가회의, 민족문제연구소, 계간 〈실천문학〉, 나라와 문화를 생각하는 국회의원 모임, 민족정기를 세우는 국회의원 모임이 공동 발표한 문학분야 친일인물 42명 가운데 지은이가 1차로 뽑은 20명을 대상으로 했다. 글 차례는 다음과 같다.

〈차 례〉
1. 태평양 언덕을 피로 물들여라 〈김기진〉
2. 광복 두 시간 전까지 친일 하던 〈김동인〉
3. 성전에 나가 어서 죽으라고 외쳐댄 〈김동환〉
4. 왜 친일했냐 건 그냥 웃는 〈김상용〉

5. 꽃 돼지(花豚)의 노래 〈김문집〉

6. 뚜들겨라 부숴라 양키를! 〈김안서〉

7. 황국신민의 애국자가 되고 싶은 〈김용제〉

8. 님의 부르심을 받드는 여인 〈노천명〉

9. 국군은 죽어 침묵하고 그녀는 살아 말한다 〈모윤숙〉

10. 오장마쓰이를 위한 사모곡 〈서정주〉

11. 친일파 영웅극 '대추나무'는 나의 분신 〈유치진〉

12. 빈소마저 홀대받은 〈유진오〉

13. 이완용의 오른팔 혈의누 〈이인직〉

14. 조선놈 이마빡에 피를 내라 〈이광수〉

15. 내가 가장 살고 싶은 나라 조국 일본 〈정비석〉

16. 불놀이로 그친 애국 〈주요한〉

17. 내재된 신념의 탁류인생 〈채만식〉

18. 하루속히 조선문화의 일본화가 이뤄져야 〈최남선〉

19. 천황을 하늘처럼 받들어 모시던 〈최재서〉

20. 조국 일본을 세계에 빛나게 하자 〈최정희〉

※ 교보, 영풍, 예스24, 반디앤루이스, 알라딘, 인터파크 서점에서 구입하거나 〈도서출판얼레빗, 전화 02-733-5027, 전송 02-733-5028〉에서 구입할 수 있습니다. (대량 구입 시 문의 바랍니다)

전국 100 여 곳 언론에서 극찬한
이윤옥 시인의 〈서간도에 들꽃 피다〉 1권

화려한 도회지 꽃집에 앉아 본 적 없는
외로운 만주 벌판
찬이슬 거센 바람 속에서도
결코 쓰러지지 않는 생명력으로
조국 광복의 밑거름이 된
여성독립운동가들의 이야기

※ 교보, 영풍, 예스24, 반디앤루이스, 알라딘, 인터파크 서점에서 구입하거나 〈도서출판얼레빗, 전화 02-733-5027, 전송 02-733-5028〉에서 살 수 있습니다. (대량 구입 시 문의 바랍니다)

전국 100 여 곳 언론에서 극찬한
이윤옥 시인의 〈서간도에 들꽃 피다〉 2권

챠우쉔화(朝鮮花)는 조선의 독립을 보지 못하고 중국땅에서 죽어간 사람들의 무덤에 핀 노오란 들국화를 현지인들이 애처로워 부른 이름입니다.

자료 부족 속에서 이번 〈2집〉을 꾸리는데 많은 어려움이 따랐습니다. 그럼에도, 이 작업을 계속하는 까닭은 이러한 여성독립운동가들에 대한 이야기를 통해 그 시대 여성의 삶을 이해하고 그분들의 나라 사랑 정신을 우리가 보고 배웠으면 하는 바람이 있기 때문입니다.

여러분의 후원으로 이 책이 세상에 나왔습니다

이 책 출간에 인쇄비를 보태주신 여러 선생님들께 고개 숙여 한 분 한 분께 깊은 감사의 말씀을 올립니다. 앞으로도 항일여성독립운동가를 기리는 이 책 〈서간도에 들꽃 피다〉 4권이 세상에 나올 수 있도록 더 많은 사랑과 후원 부탁드립니다. (가나다순, 존칭과 직함은 생략합니다.)

권선이, 권재조, 권혜순, 권희영, 고춘섭, 구본주, 김명옥, 김성근, 김순홍, 김영조, 김원유, 김종화, 김진한, 김호심, 김희원, 노찬숙, 동광모, 서옥선, 손senior아, 손영주, 신미숙, 류현선, 마완근, 박명자, 박정혜, 양승국, 양인선, 양진호, 연동역사관, 오소영, 우진수, 윤명순, 윤왕로, 윤종순, 이광호, 이규봉, 이규인, 이무성, 이병술, 이병철, 이상직, 이선희, 이원정, 이 윤, 이일선, 이항증, 이희정, 장두석, 정한봄, 정희순, 조길원, 최낙훈, 최재철, 한승민

이 땅의 항일여성독립운동가들의 이야기인 《서간도에 들꽃 피다》를 초·중·고·대학과 각급 도서관에 널리 소개해주십시오. 앞으로도 세상의 관심에서 비껴난 여성독립운동가들을 조명하는 이 작업을 게을리 하지 않겠습니다. 후원계좌에 입금된 분은 〈4권〉을 펴낼 때 이름을 올려 그 고마움을 기리겠습니다. 고맙습니다.

책 한 권 값도 소중히 여기겠습니다.

· 후원계좌: 신한은행 110-323-678517 (도서출판 얼레빗)

* 교보문고, 영풍문고, 예스24, 반디앤루이스, 알라딘, 인터파크 등에서 사시거나 〈도서출판 얼레빗, 전화 02-733-5027, 전송(팩스) 02-733-5028〉에서도 살 수 있습니다. (많이 사실 때는 문의 바랍니다)

서간도에 들꽃 피다 3권

초판 1쇄 2013년 2월 20일 펴냄

ⓒ이윤옥, 단기4346년(2013)

지은이 | 이윤옥

표지디자인 | 이무성

편집디자인 | 정은희

박은 곳 | 광일인쇄(02-2277-4941)

펴낸 곳 | 도서출판 얼레빗

등록일자 | 단기4343년(2010) 5월 28일

등록번호 | 제000067호

주소 | 서울시 종로구 당주동 2-2. 영진빌딩 703호

전화 | (02) 733-5027

전송 | (02) 733-5028

누리편지 | pine9969@naver.com

ISBN | ISBN 978-89-964593-6-1
       ISBN 978-89-964593-4-7 (세트)

값 11,000원